JUST
SO
STORIES

扫描二维码

领取畅听权益

插图本 全译

原来如此的故事

〔英〕约瑟夫·拉迪亚德·吉卜林／著

曹明伦／译

人民文学出版社

Rudyard Kipling
JUST SO STORIES
根据Airmont Publishing Company, Inc. 1966年版
和Palazzo Editions Ltd. 2013年版、Oxford University Press 1995年版译出

图书在版编目（CIP）数据

原来如此的故事：全译插图本 ／（英）约瑟夫·拉迪亚德·吉卜林著；
曹明伦译 . —— 北京：人民文学出版社，2024
ISBN 978-7-02-018422-4

Ⅰ.①原… Ⅱ.①约…②曹… Ⅲ.①童话 - 作品集 - 英国 - 近代
Ⅳ.① I561.88

中国国家版本馆 CIP 数据核字（2024）第 002858 号

责任编辑　张海香
装帧设计　李思安
责任印制　张　娜

出版发行　人民文学出版社
社　　址　北京市朝内大街166号
邮政编码　100705

印　　刷　北京盛通印刷股份有限公司
经　　销　全国新华书店等

字　　数　117千字
开　　本　850毫米×1168毫米　1/32
印　　张　5.375　插页1
印　　数　1—5000
版　　次　2024年9月北京第1版
印　　次　2024年9月第1次印刷

书　　号　978-7-02-018422-4
定　　价　55.00元

如有印装质量问题，请与本社图书销售中心调换。电话：010-65233595

吉卜林和他的《原来如此的故事》

——译本序

吉卜林（Joseph Rudyard Kipling）是著名的英国作家。他于1865年12月30日出生在印度孟买（因为他父亲当时是孟买艺术学校校长）。吉卜林幼童时代的生活犹如田园诗，所见所闻都充满了印度的异国情调。他五岁时被送回英国上学，十七岁重返印度，到一家报馆工作并开始写作。他以印度的大自然、社会生活以及英国殖民者的日常生活为背景写了大量的小说、诗歌和随笔，很快就在读者圈和评论界确立了大作家的地位。他于1907年获得诺贝尔文学奖，是第一个获得诺贝尔文学奖的英国作家。1936年1月18日，这位著名作家在他晚年定居的萨塞克斯郡乡间逝世，后被安葬在威斯敏斯特教堂的"诗人角"，与英国许多伟大的作家诗人一道长眠。

在吉卜林繁多的文学作品中，有两颗令全世界的孩子们都神往的明珠，其中一颗就是于1902年出版的《原来如此的故事》(Just So Stories)。该书中的故事是作者早年为了回答女儿提出的各种各样的问题（如鲸鱼的咽喉为什么很小、大象的鼻子为什么那样长，以及骆驼为什么有驼峰等等）而"杜撰"的答案。吉卜林于1892年1月与美国姑娘卡罗琳·巴莱斯蒂尔结婚，婚后曾随她移居美国，其间他们的两个女儿约瑟芬和埃尔西分别于1892年12月和1896年2月出生。他于1896年8月携妻女返回英国，定居在萨塞克斯郡，但在 1899 年访问美国期间，六岁的约瑟芬不幸因病夭折，从同一种疾病中勉强幸存的吉卜林被丧女之痛击垮。从伤痛中稍稍恢复后，他便着手将他早先为心爱的女儿讲过的故事写成这本书，一本关于世界起源、关于世界上最早的动物的书，一本由幻想故事构成的书。书中的全部故事都保持了作者当初讲述它们时的基本原貌，因为每当他想改变讲故事的方式，似乎他心爱的女儿约瑟芬就会来拦住他说："不是那样的，爸爸。该这么讲！"所以书中有多半故事都以一声深情的"我亲爱的孩子"开头，而且好些故事里都点缀有父女间曾私下分享过的笑话趣话。

吉卜林这些故事是为了给孩子解释我们所见的事物为什么会如此这般，但作者并不是用科学道理来解答孩子提出的问题，而是充分运用了他非凡的想象力和童趣十足的幽默感。所以一百多年来，随着这本小书被翻译成各种文字，这些故事以其独特的神秘性吸引了一代又一代的各国儿童，激发了他们的好奇心，引起了他们种种美丽的幻想。《原来如此的故事》成了全世界的孩子都爱不释手的读物，具有非凡而神奇的艺术价值。

《原来如此的故事》于1902 年初版时只收编了十二个故事，但作者在 1903 年的美国第一版中又增加了《关于禁忌的故事》（使那个叫塔菲的小姑娘和她父亲的故事成了完整的

吉卜林和他的女儿约瑟芬

三部曲），不过后来的大多数版本都只收录了初版时的十二个故事。为了替这些充满幻想的故事增色添彩，有绘画天赋的吉卜林还亲笔为这十三个故事插配了颇具超现实主义意味的黑白插图，并为这些插图写了妙趣横生的说明，同时还在初版的十二个故事后各附了一首风趣幽默、童心洋溢的歌谣。另外，后来的版本（如牛津大学出版社 1995 年版）又将吉卜林的另一篇儿童故事《含与豪猪》编入此书，使《原来如此的故事》一共有了十四个故事。

总之，《原来如此的故事》照顾到孩子们的年龄和心理特征，写得有声有色，通俗易懂，风趣诙谐，并极富寓意，展现了作者高超的语言才能。既然是故事，那就要能读，能讲，能听，而且要读起来引人入胜，讲起来娓娓动听，听起来津津有味，为此，作者在语言的节奏和韵律上都特意下了一番功夫，因此有评论家把这部儿童作品称为"音乐性语言的典范"。

◆ ◆ ◆

四十年前（1981 年至 1982 年），笔者曾据美国艾尔蒙特出版公司（Airmont Publishing Company, Inc.）于 1966 年出版的普及版 *Just So Stories* 翻译出了《原来如此的故事》。鉴于当时图书出版不易，拙译几经辗转才于 1986 年由希望出版社出版，后又重印两次，共发行 39490 册。近些年来，中国读者对这颗"令全世界孩子都神往的明珠"兴趣陡增，拙译又先后被中国少年儿童出版社（2007年）、贵州人民出版社（2009 年）、东方出版社（2010 年）和接力出版社（2015）等多家出版社出版。但随着拙译发行量的不断增加，笔者越来越觉得欠了读这本书的小读者们一笔债。由于笔者当年功力未逮，对翻译认识不足，加之原文版本欠佳，拙译旧版《原来如此的故事》存在以下缺陷：一、因艾尔蒙特版原著只有十二个故事，每个故事只保留了一幅插图，而且删除了吉卜林为那些插图写的说明文字，故拙译旧版也照样残缺；二、拙译旧版没翻译作者附在每篇故事后的那首歌谣；三、因片面强调趣味性和可读性，拙译旧版省略了原文中有关西方历史知识和世界地理知识方面的内容，削弱了这部名作的知识性；四、拙译旧版中还有其他漏译和误译的现象。

最近又有出版社要求出版拙译旧版《原来如此的故事》，但由于上述缺陷使笔者的负债感日益加重，所以笔者拒绝了出版社的要求，并下决心重译这本小书。工作之余历时数月，笔者做了如下工作：一、补译了艾尔蒙特版没有的《关于禁忌的故事》和《含与豪猪》两个故事以及初版十二个故事后面那首歌谣；二、根据完整的原著恢复了全部插图，并翻译了吉卜林为这些插图撰写的说明文字；三、补译了原文中有关西方历史知识和世界地理知识的内容，并根据孩子们的认知特点为部分内容附加了适当的注释；四、全面校勘了拙译旧版中的漏译和误译。

能亲笔匡正自己造成的舛误，能亲手抹去这颗明珠上的一些瑕疵，这对译者来说实乃一件幸事，希望对中国的小读者们也是一件幸事。

曹明伦

2014 年初记于四川大学

2021 年修改于成都华西坝

Just So Stories

目 录

鲸鱼的咽喉为什么很小

啊，我亲爱的孩子，很久很久以前呀，大海里有头大鲸。这头大鲸吞吃海里的各种鱼和其他动物。它吃鲽鱼、鳐鱼、鲭鱼、梭鱼、硬鳞鱼、比目鱼和雅罗鱼，也吃海星和螃蟹，还吃总扭动着长长身子的鳗鱼。总之，它用它那张大嘴巴吞食它能在大海中找到的所有的鱼！吃到最后呀，大海里就剩下一条小鱼了。那是一条非常机灵的小鱼，它灵巧地游在大鲸的右耳朵后面，这样鲸就没法吃到它了。鲸竖起尾巴直起身子说："我真饿呀。"小鱼机灵地低声问："高贵而仁慈的鲸，你尝过人的滋味吗？"

"没有，"鲸回答说，"那滋味到底如何？"

"好吃极了，"小鱼说，"只是有点枝枝杈杈的。"

"那就去给我弄些人来吃。"鲸说着，用尾巴把海水搅得泡沫四溅。

"你一次吃一个人就够了，"小鱼说，"如果你游到北纬50度、西经40度的地方（这一点真是不可思议），你就会发现大海中有只救生筏，救生筏上有个从沉船逃生的水手，水手光着膀子，只穿一条蓝色帆布裤，帆布裤有一副吊裤带（亲爱的孩子，请你千万别忘了这吊裤带），身边还有一把大折刀。不过我得清楚地告诉你，那水手是个足智多谋的人。"

于是，鲸便以最快的速度向北纬50度、西经40度的地方游去。它游啊，游啊，最后它果然看见大海中有只救生筏，救生筏上果然有个水手，水手果然只穿着一条蓝色帆布裤，裤子果然有一副吊裤带（亲爱的孩子，你必须特别记住这副吊裤带），另外还有一把大折刀。鲸发现那个水手的脚拖曳在水里。（他是经妈妈允许才用脚划水的，要不然他绝不会把脚伸进水里，因为他是个足智多谋的人。）

鲸张开了它的大嘴巴。它张呀，张呀，张得嘴唇都差点碰到尾巴了。接着，它一口吞下了那个水手，连同水手乘坐的救生筏，还有他穿着的那条蓝色裤子，还有那副吊裤带（你可千万要记住这副吊裤带）和那把大折刀。它把这一切都一口吞进它那热乎乎、黑洞洞的肚子里面。然后

这里画的是那头鲸正在吞那个水手，你肯定还记得，就是救生筏上那个有大折刀和吊裤带而且足智多谋的水手。他胸前有纽扣的东西就是那副吊裤带，你可以看见吊裤带旁边就是那把大折刀。他还坐在救生筏上，但筏子已经倾斜，所以你几乎看不见。他左手那个白乎乎的东西是一截木头，那头鲸游过来的时候，他正试图用那根木头划木筏子逃走。那截木头本是帆船上缘的斜桁。水手在被鲸吞下之前把那截斜桁留在了水面。那头鲸的名字叫"大嘴巴"，水手的名字叫亨利·艾伯特·比文斯。那条机灵的小鱼这时正藏在鲸的肚子下面，不然我就把它画出来了。海水看上去像大河奔流，那是因为鲸要一口吞下比文斯先生和他的木筏子、大折刀和吊裤带，结果便把海水也一口往肚里吞。你可千万别忘了那副吊裤带。

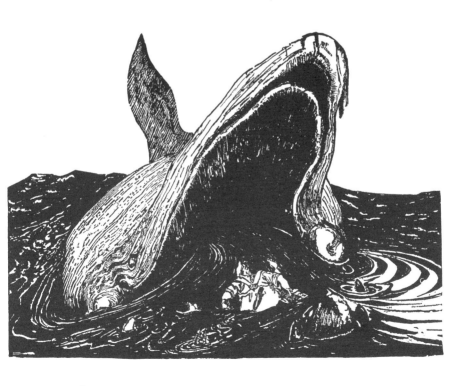

它咂了咂嘴巴，直起身子转了三圈。

但那个水手是个足智多谋的人，一发现自己真被吞进了鲸那热乎乎、黑洞洞的肚子，他马上就开始在里边蹦呀、跳呀、碰呀、撞呀、腾呀、跃呀、敲呀、砸呀、咬呀、叮呀、刺呀、戳呀、捶呀、顶呀、滚呀、爬呀、吵呀、闹呀，总之是手舞足蹈、拳打脚踢，弄得那头鲸难受死了。（你还记得那副吊裤带吗？）

于是鲸对那条小鱼说："这个人真是枝枝杈杈的，他弄得我直想打嗝。我该怎么办呢？"

"那就叫他出来呗。"小鱼说。

鲸只好对自己肚子里边的那个水手说："出来吧，规矩点，我现在直想打嗝。"

"不行。那可不行！"水手在它肚里说，"我不能就这样出来。送我到我家乡的海边，送我到不列颠的白崖下面，到那时我再考虑出来的问题。"说完他更加猛烈地拳打脚踢。

"你最好送他回家吧，"那条小鱼对鲸说，"我早就警告过你，他是个足智多谋的人。"

鲸不想再打嗝，于是便使足劲儿划动它的鳍肢和尾巴。它游呀、游呀、游呀，最后终于看见了那个水手家乡的海岸，看见了不列颠的白崖。鲸把前身一下冲上海滩，张开大嘴说："出来吧，从这儿可以去温切斯特，可以去阿舒洛特，可以去纳舒厄，可以去基恩，还可以去弗契堡铁路沿线的火车站。"当它刚说到"弗契"两个字时，那个水手走出了它的嘴巴。但那水手的足智多谋真是名副其实，当鲸还在大海里游的时候，他早已用他那把大折刀把救生筏劈成了一个方格栅栏，并用他的吊裤带把栅栏扎得牢牢的（现在你该明白我叫你记住吊裤带的原因了吧）。他把这个栅栏拉进鲸鱼的咽喉，让它紧紧地卡在那里！然后他哼起了两句歌谣，两句你没听过的歌谣，我现在就唱给你听：

> 我用这道大栅栏，
> 治好你的嘴巴馋。

因为那个水手也是个爱唱歌的爱尔兰人。最后，他走上了铺满圆卵石的海滩，回到了家里，回到了他妈妈的身边（就是他妈妈允许他用脚划水的）。他后来结了婚，一直过着幸福的生活。那头鲸也一直过着幸福的生活，但从那天以后，那道栅栏就卡在它的咽喉里，它吞又吞不下去，吐又吐不出来，从此它只能吃一些很小很小的鱼虾。这就是鲸今天不会吞吃大人，也不会吞吃小男孩、小姑娘的原因。

那条小鱼游到很远很远的地方，藏到赤道门槛下边的淤泥里去了，因为它害怕鲸会生它的气。

那个水手把他的大折刀带回了家，他上岸时还穿着他那条蓝色的帆布裤子，但却没有了那副吊裤带。这你知道，吊裤带已经捆在那道卡在鲸鱼咽喉中的栅栏上了。这个故事到此也就讲完了。

◆ ◆ ◆

> 舷窗口泼上了黑漆绿墨，
> 　　因为窗外大海正在翻锅；
> 随着那艘轮船猛一摇晃，
> 　　服务生一头栽进了汤钵，
> 　　　旅行箱开始左右滑动，
> 　　护理员滚在了地板角落，

妈妈吩咐你别吵她睡觉，

可你还没睡醒，还躺在被窝，

不用猜你也该知道这是为何——

你还在北纬 50 西经 40 度快活！

　　这里画的是那头鲸在找那条机灵的小鱼，而小鱼正藏在赤道门槛下边的淤泥里边。小鱼名叫"平锅"。它躲在赤道门前那棵大海草的根丛中间。我画出了那些门。它们是关闭的，而且总是关闭的。因为门就应该总是关着。横过画面的绳状物就是赤道，上方那两块看上去像暗礁的东西是维护赤道秩序的两个巨神——莫尔和科尔。他俩的阴影投射在赤道上。他们把所有那些狡猾的鱼都刻在门的下方。那些有鸟嘴的鱼叫长喙海豚，那些怪头怪脑的鱼叫锤头鲨。那头鲸不消气就找不到那条机灵鱼。后来它不再生气了，和那条小鱼又成了朋友。

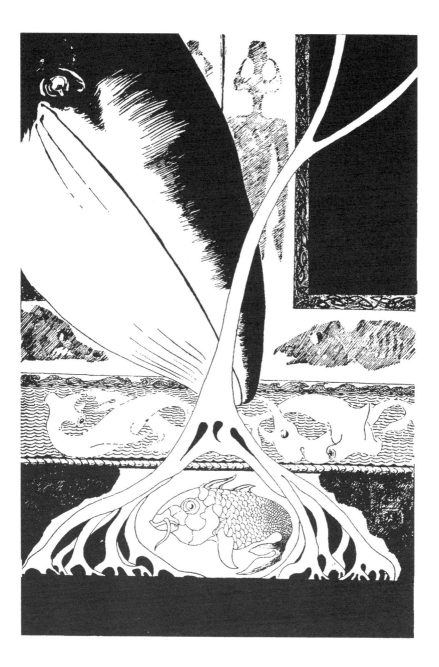

骆驼为什么有驼峰

现在讲第二个故事，讲讲骆驼背上怎么会有大驼峰。

很久很久以前呀，这个世界才刚刚形成，动物才刚刚开始为人类干活。那时候有头骆驼住在一片荒凉的大沙漠中央，因为这头骆驼不想干活儿，而且成天老爱哼哼。所以它每天就啃吃一些枯枝呀、蒺藜呀、柽柳呀、荆条呀，还有马利筋什么的。它真是游手好闲，无所事事；不管谁跟它说话，它都只回答一个"哼"字。"哼！"就再也不吭声了。

星期一早上，一匹背缚鞍子、嘴套嚼子的马来到骆驼身边，说："骆驼啊骆驼，快出来像我们马一样奔跑吧。"

"哼！"骆驼哼完就不吭声了。马只好离去把这事告诉了人。

不一会儿，一条嘴里衔着根枯柴的狗来到骆驼身边，说："骆驼啊骆驼，快出来像我们狗一样搬运东西吧。"

"哼！"骆驼哼完就不吭声了。狗只好离去把这事告诉了人。

最后，一头脖子上戴着轭枷的牛来到骆驼身边，说："骆驼啊骆驼，快出来像我们牛一样耕地吧。"

"哼!"骆驼哼完又不吭声了。牛只好离去把这消息告诉了人。

那天傍晚的时候,人把马、狗、牛都叫到一起,说:"你们三位啊,我真对不起你们(在这个世界才刚刚开始的时候),沙漠里那个整天'哼哼'的家伙不愿出来干活,要不然它现在也应该在这儿,所以我打算不再理睬它,而你们则必须加倍干活来弥补它造成的损失。"

人的这番话让马、狗、牛都非常生气(毕竟这个世界才刚刚开始)。它们在沙漠边上举行了一次会议,进行了一场谈判,开展了一番协商。骆驼嘴里嚼着马利筋,吊儿郎当地过来嘲笑了它们一顿,然后"哼"了一声便扬长而去。

过了不久,主管所有沙漠的神仙来了,他身后卷起一团团沙尘(神仙行动通常都卷起沙尘,因为那是魔法)。他在沙漠边上马、狗、牛集会的地方停了下来。

马一见到神仙便问道:"大沙漠的主宰哟,在这世界刚开始的时候,有的家伙游手好闲,无所事事,这对吗?"

"当然不对!"神仙回答说。

"那好,"马又说,"就在你管辖的荒凉沙漠中,有个长脖子长腿儿的家伙(一个只会哼哼的家伙),它从星期一以来什么活也没干过,它甚至不愿意奔跑。"

"唷!"神仙一听噫了口气,"那是我的骆驼。我用阿拉伯半岛的全部黄金打赌,那就是我的骆驼。它对此都说了些什么?"

"它就'哼'一声,"狗接过话头说,"它还不愿意搬运东西。"

"它还说了别的什么吗?"

"它只是'哼'一声就完了,连地它也不愿意耕。"牛接着说。

"好啦!"神仙说,"如果你们愿意等一等,我马上让它'哼哼'它自己。"

神仙说完腾空而起，身后卷起铺天盖地的尘沙。它横跨沙漠，果然看见骆驼正在非常无聊地在那里消磨时间，正在对着一潭水照着自己的影子。

神仙来到骆驼跟前问道："我这位长脖子、长腿儿、爱哼哼的朋友，在这个世界刚刚开始的时候，我听说你居然什么活儿也不干，这是怎么回事？"

"哼！"骆驼就这一个字。

神仙坐下来，一只手撑着下巴，开始思考如何处置骆驼，而骆驼依然盯着水潭中自己的影子。

"从星期一早上到现在，你一直东游西逛，无所事事，结果让马、牛、狗干了额外的活儿。"神仙一边说一边用手撑着下巴，继续思考用什么魔法来处置这个懒家伙。

"哼！"骆驼还是一副无所谓的态度。

　　这幅画画的是神仙正开始施魔法，要让骆驼背上长出驼峰。他先用手指在空中画了一条线，并把那条线变实；然后他变出了一团云和一个鸡蛋——你可以在画面下方看见这些。你还可以看见一个魔法南瓜变成了一大团白色火焰。然后神仙用魔扇扇那团白火，直到白火本身变成了一个魔法。那是个漂亮的魔法，一个非常温和的魔法，不过这魔法得让骆驼长出驼峰，因为骆驼太懒惰。主管沙漠的神仙是所有神仙中最和蔼的神仙，所以他决不会做任何不和蔼的事。

　　"我要是你呀，我就不再'哼哼'啦，你也许'哼'得太多了。哼哼先生，我要你去干活。"

　　骆驼一听干活又"哼"了一声，但它话音未落，突然发现自己的背（它为之骄傲的背）肿胀起来，最后竟隆起一个高高的肉疙瘩。

　　"看见没有？"神仙说，"这就是你不干活儿，整天'哼哼'哼出来的结果[1]。今天是星期四，你从星期一起就没干过活，现在干活去吧。"

　　"背着这么个肉疙瘩叫我怎么能干活呢？"骆驼问。

　　"这肉疙瘩可有用啦，"神仙说，"既然你已经浪费了三天，你现在可以不吃不喝地一连干三天活，因为你背上这个疙瘩可以养活你。你该不会说我什么忙也没帮你吧？走出这片沙漠，去找马、狗、牛一起干活

　　这里画的是主管所有沙漠的神仙在用他的魔扇施魔法。骆驼正在吃刺槐的嫩枝，它刚哼了一声（神仙说它哼得太多的）"哼"，那个肉疙瘩便向它飞来。画面左边那个从一个像洋葱的东西里升起来的毛巾状的东西就是那个魔法，你能看见魔法上托着那个肉疙瘩。那肉疙瘩很适合放在骆驼平坦的背上。骆驼这会儿只顾对着一潭水欣赏自己漂亮的影子，压根儿不知道什么事就要发生在它身上。

　　在主画面的下方，画的是这个世界刚刚开始时的情景。画面中有两座冒烟的火山、一些其他的山、一些岩石、一个湖、一个黑色的岛、一条弯曲的河，还有许多其他的东西，包括右边那条诺亚方舟。我画不出那个神仙管辖的所有沙漠，所以就只画了一片，但那是一片最最荒凉的沙漠。

---

1. 在英语中，humph（哼）和 hump（驼峰）这两个单词的拼写和读音都非常相似。

去吧。"

　　骆驼按神仙的吩咐找到了马、狗、牛。从那以后，骆驼背上就一直有个肉疙瘩（为了不伤它的自尊心，我们今天把这个肉疙瘩叫作驼峰）。但它直到今天也没能补上它当初浪费掉的三天时间，而且还没有学会怎样遵守规矩。

◆ ◆ ◆

骆驼背上那肉疙瘩真是难看，
　　这你肯定见过，就在动物园；
但我们要是驼背会显得更丑，
　　如果我们缺乏劳动和锻炼。

小孩子和大人都需要牢记
如果我们缺乏劳动和锻炼，
　　就会像骆驼那样长成驼背，
背上长个肉疙瘩可真是丢脸！

我们起床后常常蓬头垢面，
　　吵着闹着使性子把妈妈纠缠。
洗澡，穿鞋，或是摆弄玩具，
　　我们都爱皱眉嘟嘴还抖个没完。

我应该事先找个藏身的角落，
　　我知道你也有一个，就在那边，

以防我们像骆驼那样长成驼背——
背上长个肉疙瘩可真是丢脸！

要治好这毛病可别老是坐着，
　也不要老在火炉边把书翻看；
而是要扛起锄头，拿起铁锹，
　辛勤地劳动直到微微冒汗。

这样你就会发现丽日和风
还有那个花园里那个神仙
　早已把那讨厌的肉疙瘩搬走——
背上长个肉疙瘩可真是丢脸！

我也会像你那样背上长疙瘩，
如果我既不劳动又不锻炼，
小孩子和大人一样会驼背，
　背上长个肉疙瘩可真是丢脸！

犀牛皮为什么有许多褶皱

很久很久以前，红海边一座荒凉的海岛上住着一个帕西人[1]。他戴着一顶在阳光照耀下总显得光彩夺目的帽子。这个住在红海边的帕西人只有那顶帽子、一把小刀、一个做饭用的火炉子，此外便什么也没有了。他用的那个火炉呀，就是你千万不能去碰的那种火炉。有一天，那个人取出面粉、葡萄干、梅子、水、糖和其他一些配料，为自己

做了一个直径有半米多、厚度将近一米的大蛋糕。那的确是块很大的蛋糕（那可是魔法）。他把做好的蛋糕放在火炉上烘烤（因为他被允许用那个火炉做饭）。他烤呀、烤呀，直到把蛋糕烤得金黄，发出阵阵扑鼻的香味。可正当他要开始吃蛋糕的时候，一头大犀牛从无人居住的海岛中心来到了海边。大犀牛挺着鼻子上的犀角，眨巴着两只贪婪的眼睛，非常粗野地朝那个人走来。那时候，犀牛的皮刚好紧紧地绷在身上，没有一

---

1. 帕西人，公元八世纪为逃避穆斯林迫害从波斯移居印度的拜火教徒（琐罗亚斯德教徒）。

道褶皱，这使它看上去活像诺亚方舟上那头犀牛，但个头当然要大得多。犀牛从来就不懂礼貌，它以前不懂，现在也不懂，将来也不会懂。那头犀牛走到海边，对那个人大吼一声"好哇！"这一吼吓得那人丢下蛋糕，慌慌张张地爬上了一棵棕榈树，只戴着他那顶在阳光照耀下总显得光彩夺目的帽子。犀牛用鼻子撞翻了火炉，那块大蛋糕掉在沙滩上翻了个滚儿。这下犀牛用鼻子上那只角穿起蛋糕，吃了个精光。然后，它摇晃着尾巴，又朝那极其荒凉、无人居住的海岛中心走去，那个方向靠近马赞达兰海岸的那些岛屿[1]，靠近索科特拉岛[2]，靠近昼夜平分线的那些岬角[3]。犀牛走远后，那个帕西人从树上跳下来，抱着他的火炉，哼起了两句歌谣，两句你从没听过的东方歌谣，我现在就唱给你听：

　　谁吃掉我的大蛋糕，

　　谁就一定要把霉倒。

　　这个霉倒得可比你能想象的倒霉多了。

　　因为五个星期之后，红海上卷起一股热浪，人们都热得脱掉了衣服。帕西人摘掉了他的帽子，而犀牛则脱下了它那张皮，并把皮搭在肩上到海边来洗澡。在那个时候，犀牛皮是用三颗纽扣在身下扣紧的，模样就像件雨衣。犀牛五个星期之前把那块大蛋糕吃得一点不剩，但对那件事却只字不提，因为当时它不懂礼貌，现在也不懂，将来也不会懂什么礼

---

1. 马赞达兰，今伊朗北部濒临里海的一个省份。

2. 索科特拉岛（意为"极乐岛"），印度洋西部一群岛，今属也门索科特拉省。位置在阿拉伯半岛以南约350公里、非洲之角以东、阿拉伯海与亚丁湾的交接处。

3. 指靠近赤道的岬角。若以上文红海和索科特拉岛为坐标，应该指索马里半岛的哈丰角、比纳角和阿塞尔角等。

貌。犀牛大摇大摆地径直走进水中，用鼻子吹起水泡，把它那张皮留在了海滩上。

不一会儿，那个帕西人经过海滩，发现了那张犀牛皮。他对着犀牛皮笑了两笑，搓着双手围着犀牛皮跳了三圈舞。然后，他跑回自己的帐篷，装了满满一帽子蛋糕屑，因为那个人从来都只吃蛋糕，而且从来不把撒在地上的蛋糕屑扫出帐篷。他回到海滩，拿起那张犀牛皮，用力抖了抖，然后使劲儿地把蛋糕屑往皮上搓，一直到犀牛皮里层沾满了陈腐发霉的干蛋糕屑，里边还夹杂有烤煳了的葡萄干。然后那人又爬上棕榈树，只等犀牛洗完澡来穿它的犀牛皮。

犀牛果然拿起皮就往身上穿。它刚把三颗纽扣扣上，就觉得浑身痒得难受。它想搔痒，但越搔越痒。于是它倒在沙滩上打滚。它滚呀，滚呀，滚呀，可滚得越厉害，蛋糕屑就粘得越紧，它也就感到越痒。最后

这里画的是在那个大热天，住在红海边荒岛上的那个帕西人正要开始吃他的蛋糕，这时那头犀牛从无人居住的荒岛中心来到了海边。就像你能清楚地看到的一样，荒岛中心全是岩石。犀牛皮很光滑，把皮紧扣在它身上的三颗纽扣在肚子下方，所以你看不见。帕西人帽子上弯弯曲曲的东西就算是帽子反射的光彩夺目的阳光，因为我要是把阳光都画出来，那画面上就全都是阳光了。那块蛋糕里有葡萄干。沙滩上那个车轮属于当年埃及法老试图跨越红海时用过的一辆战车。那个帕西人发现了这个车轮，便把它当玩具留在了身边。那个帕西人的名字？他叫佩斯托吉·波蒙吉。犀牛的名字叫"呼哧"，因为它呼吸是用嘴巴，而不是用鼻子。我要是你呀，就不会再问那个火炉的事了。

它蹿到那棵棕榈树下，把身子使劲儿往树干上蹭。它蹭呀、蹭呀、蹭呀、蹭得那么厉害，连肚子下面的三颗纽扣都给蹭掉了，而且肩上、腿上和肚子上也给蹭出了褶皱。这使它的脾气变得非常暴躁，可暴躁同样弄不掉那些蛋糕屑，因为蛋糕屑早就被揉进它的皮肤，从里面搔它的痒痒。它只好无可奈何地回家，真是又痒又气，越气越痒。从此以后，犀牛皮上便有了许多褶皱，并且犀牛的脾气也十分暴躁。这都是因为它皮肤下边有蛋糕屑的缘故。

等犀牛走远之后，那个帕西人从树上溜下来，戴上他那顶在阳光照耀下显得光彩夺目的帽子，收拾好他那只烤蛋糕的火炉，朝很远很远的地方走去，朝着奥洛塔瓦、阿米格达拉、阿兰塔利沃高原和索纳普特湿地的方向。

那个叫佩斯托吉·波蒙吉的帕西人坐在棕榈树上，看那头叫"呼哧"的犀牛脱掉犀牛皮，在荒岛海滩边的海水中洗澡。帕西人已经把蛋糕屑搓进了犀牛皮，他正一边偷笑一边在想，等"呼哧"洗完澡再穿上它的皮后，蛋糕屑会怎样使它发痒。犀牛皮这会儿放在棕榈树下岩石旁边的阴凉处，这就是你看不见它的原因。那个人戴着一顶帕西人戴的那种光彩夺目的新帽子，手里握着一把短刀，他就是用这把短刀把他的名字刻在了棕榈树上。海上小岛边那些黑乎乎的东西是红海上失事船只的残骸，不过船上的乘客都获救回家了。

靠近岸边那团黑东西可不是沉船残骸，那是脱了犀牛皮在水中洗澡的"呼哧"。它脱了皮也跟着穿着皮一样黑不溜秋的。我要是你呀，就不会问那个火炉的事。

◆ ◆ ◆

这个渺无人烟的海岛，

　　在东非佳尔答福伊角附近，

毗邻美丽的极乐岛海滩，

　　粉红的阿拉伯海把人吸引；

可从苏伊士开始天就太热，

　　尤其对你我这样的游人，

　　如果我们搭乘 P&O 邮轮[1]

　　去拜访那个做蛋糕的人！

---

1. P&O，英国大名鼎鼎的老牌"半岛及东方航运公司"（the Peninsular and Oriental Steam Navigation Company）的简称。

豹子身上的黑斑是怎样来的

亲爱的孩子，从前所有动物身上都没有斑纹，那时候豹子住在一个叫"高高草原"的地方。请记住，那不是"低低草原"，不是"灌木草原"，也不是"湿冷草原"，而是光秃秃、热烘烘、亮闪闪的高高草原。那里的沙是黄色的，岩石是黄色的，连一簇簇野草也都是黄褐色的。那里居住的什么斑马呀、长颈鹿呀、捻角羚呀、大角斑羚呀，也都是浑身上下黄乎乎的。但要说黄得同那片草原的颜色最最相似，那就得数长得像猫的豹子啦。豹子身上的颜色同"高高草原"的颜色简直一模一样，丝毫不差。对斑马、长颈鹿、捻角羚和大角斑羚来说，这可真是太糟糕了。因为豹子经常藏在黄色的大石旁或草丛间，当斑马、长颈鹿和各种各样的羚羊从旁边经过的时候，它就会出其不意地扑上去吃掉这些爱跳的动物。它的确会吃掉它们！再说"高高草原"上还有个带着弓箭的埃塞俄比亚人，当时他浑身也是黄褐色的。这个猎人经常和豹子一道打猎，猎人用长弓和利箭，豹子用尖牙和利爪。到后来，斑马、斑驴、长颈鹿、捻角羚、大角斑羚和其他动物都不知道该走哪条路了。亲爱的孩子，它们真不知道该走哪条路！

过了很久（当时所有的动物都要活很久很久），动物们发现应该避开任何看上去像豹子或猎人的东西。它们由长颈鹿开道（因为长颈鹿的腿最长），渐渐地离开了"高高草原"。它们跑呀，跑呀，跑呀，一连跑了好些天，最后来到了一座大森林。森林里长满了参天大树和低矮灌丛，阳光从树叶缝隙间射进森林，到处都是一条条、一点点的光斑和阴影。动物们就在森林里藏了起来。又过了很久，由于动物们的身体表面有些地方长期被阳光照射，有些地方长期被树荫遮掩，结果长颈鹿身上长出了红褐色的斑块，斑马身上长出了黑白相间的条纹，捻角羚和大角斑羚变得更加黑不溜秋，背上还多了些弯曲的灰色纹路，看上去就像树皮。这下即便你能够听见它们的声音，闻到它们的气味，也很难看见它们，除非你知道它们的准确位置。它们在那座充满光斑和阴影的森林中快快活活地过日子，而豹子和埃塞俄比亚猎人却在黄褐色的"高高草原"四处寻找，不知他们的早餐、午饭和茶点都去了什么地方。后来豹子和猎人饿极了，只好捉些老鼠、甲虫和野兔来吃，直吃得闹肚子，这时他们遇到了狒狒巴维安。这脑袋和叫声都像狗的狒狒，可算是整个南非最聪明的动物啦。

那天天气很热。豹子问巴维安："那些野味都跑到哪儿去啦？"

巴维安眨巴眨巴眼睛。它心里可明白着呢。

猎人问巴维安："你能告诉我'高高草原'动物群现在的栖息地吗？"（他和豹子问的是同一个问题，但那个猎人总喜欢用文绉绉的字眼，因为他是大人。）

巴维安眨巴眨巴眼睛。它心里可明白着呢。

随后巴维安回答说："动物们都进入其他地点啦。豹子老弟，我劝你也变一变，尽快找找其他点吧。"

猎人说:"这建议挺好。但我想知道'高高草原'的土生动物群迁徙去了何方。"

巴维安回答说:"土生的动物群已经加入了土生土长的植物群,因为这是一个变化时期。猎人大哥,我劝你也尽快变化变化吧。"

狒狒的劝告令豹子和猎人迷惑不解,但他俩还是出发去找那个植物群。他们找呀,找呀,找了许多天,最后终于看见了一座茂密的森林,森林里所有大树的树干上都斑点密布、条纹纵横、光影交错、斑驳陆离。(你把这几个词大声念出来,而且念快一点,就知道那森林里的阴影是多么光怪陆离了。)

"这是啥地方?"豹子问,"里边黑咕隆咚的,却又有一块块一条条那么多的光亮。"

猎人说:"我也弄不明白。但这儿应该就是那个土生土长的植物群。我能闻到长颈鹿的气味,听见长颈鹿的声音,但就是看不见长颈鹿。"

"真奇怪!"豹子接着说,"我想也许是因为我们刚从亮处进来的缘故。我也能闻到斑马的气味,听见斑马的声音,但就是看不见斑马。"

"等一等。"猎人说,"我们已经好久没猎获它们了,也许我们把它们的模样都给忘了。"

"瞎说!"豹子嚷道,"我清清楚楚地记得它们在'高高草原'的模样,就是剥了皮我也认得它们的骨头。长颈鹿嘛,大约有五米高,从头到脚都是深褐色。斑马大概有一米四左右,浑身上下是浅褐色的。"

"嗯,"猎人一边张望那斑斑点点的森林,一边说,"如此说来,在这黑咕隆咚的森林里,它们看上去应该像熏烤房里熟透的香蕉。"

可那些动物并不像熟透的香蕉。豹子和猎人又忙活了一天,虽然他们能闻到动物的气味,听见动物的声音,但连一只动物也没看见。

到傍晚时分,豹子说:"看在上帝的分上,等天黑以后再找吧。在这光天化日之下打猎真是件极不光彩的事。"

于是他们等到了天黑。透过从枝丛间洒进森林的星光，豹子听见了什么东西的呼吸声。它朝着声音扑过去。啊！那东西闻起来像斑马，摸起来像斑马，腿蹬起来也像斑马，可就是看不见它的模样。于是豹子说："不许出声，你这个没模样的家伙。我要在你脑袋上一直坐到天亮，因为我不明白你到底是怎么回事。"

接着传来呼噜咕噜咔嚓吧嚓一阵响动，只听猎人高声喊："我抓到了一个看不见的家伙。这家伙闻起来像长颈鹿，腿蹬起来也像长颈鹿，可它压根儿就没有模样。"

"别让那家伙把你给骗了。"豹子说，"像我这样坐在它头上等天亮吧。它们简直没模样，全都没模样。"

于是豹子和猎人就这样一直坐到天亮。这时豹子问猎人："哥哥呀，你餐桌那头是啥东西？"

这就是长着狗脑袋的狒狒巴维安，整个南非最最聪明的动物。我是根据我脑子里想出来的一尊雕像画的。我把它的名字写在了它的腰带上、肩头上，还有它坐的那个基座上。因为它非常聪明，所以我写它的名字用了古埃及科普特语、象形文字、楔形文字、孟加拉语、缅语和希伯来语。它长得并不好看，但很聪明。我本想用颜料为它画幅彩图，但没被允许。披在它脑袋后面的伞状物是它惯有的鬃毛。

猎人搔着头皮说："这东西应该从头到脚都是深褐色，应该是长颈鹿，可它浑身上下都有栗色斑点。兄弟呀，你餐桌那头是啥东西？"

豹子也搔着头皮回答："这东西应该是浅褐色，应该是斑马，可它浑身上下都有黑色和紫色的条纹。嘿，斑马，你到底玩了什么花招？你难道不知道，要是在'高高草原'，我十里外就能看见你这身打扮？你现在简直没模没样。"

"是的，"斑马说，"可这里不是'高高草原'，你难道不明白？"

"我现在明白了。"豹子回答说，"不过我昨天一整天都没弄明白。这到底是怎么回事？"

"让我们起来吧，"斑马说，"我们起来就告诉你这是怎么回事。"

豹子和猎人让斑马和长颈鹿站了起来。斑马立即跑向一小丛荆棘，荆丛中闪耀着一条条的阳光。长颈鹿也跑向一片高树林，树林里闪烁着一点点的光亮。

"这下你们看吧，"斑马和长颈鹿说，"就是这么回事。一、二、三！一、二、三！早餐转眼就不见。"

豹子睁大了眼睛，猎人也使劲儿瞧，但他们只看见一条条、一点点射进森林的阳光，根本看不见斑马和长颈鹿，因为它们早已离开，躲进大森林的阴影中去了。

"嗨！嗨！"猎人说，"这倒是值得学习的经验。把这算作一次教训吧，豹子兄弟。你在这黑洞洞的地方就像煤斗里摆上一块肥皂那样显眼。"

"嗬！嗬！"豹子说，"你要知道你在这黑洞洞的地方就像是涂在煤块上的芥末膏，你难道不大吃一惊么？"

"好啦，互相讽刺也弄不来食物，算了吧。"猎人说，"总而言之，我们与这里的环境太不相称了。我现在打算听从狒狒巴维安的劝告，它告诉我应该变化变化，我除了皮肤也没啥可变的，我就变变皮肤的颜色吧。"

"变成什么颜色？"豹子非常激动地问。

"变成黑褐色，略带点紫色，再加上点蓝灰色。这样在洞穴里或树后边就容易隐蔽了。"

说完他马上就开始改变自己皮肤的颜色，豹子更加激动了，它以前从来没看见过人改变皮肤的颜色。

当猎人把最后一根小指头也变成了漂亮的黑色时，豹子问："可我该怎么办呢？"

"你也照巴维安的劝告办吧。它不是叫你找找点吗？"

"我已经照它的话办了，"豹子说，"我已经同你一道尽快地找到了这个另外的地点。这对我已经很有好处了。"

"哦，"猎人说，"巴维安的意思并不是说南非的什么地点。而是说你身上该有斑点。"[1]

"身上的斑点有啥用呢？"

"啥用处！你想想长颈鹿吧。"猎人对豹子说，"当然，如果你更喜欢条纹的话，那就想想斑马。它们身上的斑点和条纹可真让它们心满意足啦。"

"哼，我可不愿意看起来像斑马那副模样——我永远也不愿意。"

"好，那就拿定主意吧。"猎人对豹子说，"因为我可真不想丢下你而单独一人去打猎，但如果你坚持要显得像株衬着黑沥青篱笆的向日葵，那我也只好单独行动了。"

"这么说，那我就要斑点吧。"豹子无可奈何地答应道，"可千万别把斑点弄得那么大块、那么俗气，我可不愿意显得像头长颈鹿——我不

---

1. 英文中的地点和斑点都可用 spot 这个单词。

愿意。"

"那我就用我的手指尖来为你点斑点,"猎人说,"你看我皮肤上还有多余的黑色呢。站好吧!"

于是猎人把五根手指并作一团,把自己皮肤上多余的黑色点在豹子身上(因为他的新皮肤上还剩下不少多余的黑色颜料)。他手指头点到的地方就留下五个紧挨在一起的黑色斑点。所以今天任何一只豹子身上都有这种斑点,亲爱的孩子。那个猎人在为豹子点斑点时,有时手指尖滑动了,结果那五个斑点就有点模糊不清,不过只要你仔细看,就会发现豹子身上的斑点总是五个靠在一堆的——那就是五个手指留下的痕迹。

"哦,你这下真漂亮!"猎人最后对豹子说,"现在,你要是卧在地上,就像一堆鹅卵石;你要是趴在大石上,就像一块圆砾岩;你要是蹲在树枝上呀,那看起来就像是太阳洒进树缝的光点;你还完全可以横在

这里画的是豹子和那个埃塞俄比亚猎人听从了狒狒巴维安的建议,结果豹子身上有了斑点,猎人的皮肤则变得黑不溜秋。那个埃塞俄比亚人真是个黑人,所以他的名字叫桑波。那头豹子名叫"花斑",从那之后也一直叫这个名字。这会儿他俩正在那座斑斑点点的森林中打猎,正在找那些说"一、二、三!一、二、三!早餐转眼就不见"的先生。要是你看仔细点,就会看见"一、二、三先生"就在不远的地方。埃塞俄比亚猎人藏在一棵有黑斑的树下,因为那棵树和他的皮肤颜色相称。豹子躲在一堆有斑点的石头后面,因为那堆石头和它的斑点相配。"一、二、三先生"正站在不远处吃一棵高树上的树叶。这幅画简直就像"找猫游戏图",让人看得眼花缭乱。

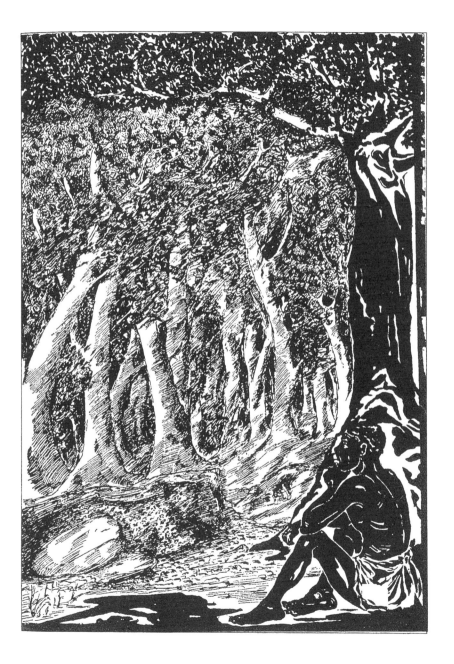

路当中，那看起来简直什么也不是。这下你满意了吧！"

"既然斑点这么好，那你皮肤上为啥不变出斑点来呢？

"哦，对一个黑人来说，最好是浑身上下一片黑。"猎人对豹子说，"好啦，现在跟我来吧，看我们能不能抓住那两个数完一、二、三，转眼就不见的家伙！"

他们转身走了，后来一直过得很快活。我亲爱的孩子，这故事就讲完了。

哦，对啦！你有时也许会听到有成年人问："猎人怎么会变皮肤？豹子怎么会变斑点呢？"我想呀，如果豹子和猎人当初没干过那样的事，大人们就不会常给你们讲这样的傻故事了，你说是吗？不过，我亲爱的孩子，他们以后再也不会改变他们的皮肤了，因为他们已经心满意足了。

◆ ◆ ◆

我就是狒狒巴维安，最最聪明的动物，
"那咱俩去看风景吧——就咱俩单独外出。"
可有人驾车来访——不过妈妈就在那边……
所以你带我就去，保姆说她不在乎。
咱们去跟兔子聊聊，看兔尾巴晃晃悠悠！
咱们去看看猪舍，在农家围栏边驻足！
让咱们想看啥就看啥，只要爸爸和我独处，
让咱们来次真正的探险，一直玩到下午！
这是你的靴子、帽子和手杖（我都拿来了），
还有你的烟斗烟草。哦，来呀，赶紧上路！

大象的鼻子为什么那样长

啊，亲爱的孩子，很久很久以前呀，大象本来没有那条长鼻子。它们当时只有一个黑乎乎的凸出的鼻子，就像一只靴子那么长。那时候大象的鼻子可以左右晃动，但却不能从地上拾捡东西。可有这么一头象，一头小象（就是大象的孩子），它充满了永远都满足不了的好奇心，也就是说它老是没完没了地提问题。它住在非洲，因此它的好奇心也充满了非洲。它问高挑的鸵鸟阿姨，为什么它的尾巴羽毛长成那副模样，结果鸵鸟阿姨用它那结实的爪子抽了它的屁股。它问高个儿的长颈鹿叔叔，是什么使得它身上有那么多斑点，结果长颈鹿叔叔用它结实的蹄子踢了它的屁股。可它还是非常非常好奇！它问胖乎乎的河马大婶，为什么它的眼睛是红的，河马大婶用它宽大的蹄子揍了它的屁股。它又问毛茸茸的狒狒大叔，为什么西瓜是西瓜的味道，狒狒大叔用它毛茸茸的手掌揍了它的屁股。可它还是充满了永远都满足不了的好奇心！它问它所看到的、听到的、闻到的、摸到的、感觉到的一切问题，因此它所有的叔叔阿姨都揍过它的屁股，可它仍然充满了永远都满足不了的好奇心！

在一个岁差年[1]中的一个晴朗的早晨，那头永不满足的小象问了一个它从来没问过的新问题。它问："鳄鱼到底吃什么东西呢？""嘘！"它爸爸妈妈和所有的叔叔阿姨都厉声叫它住口，并且马上就开始揍它的屁股，而且揍了好一阵。

后来，小象等大家揍完了，就跑到一片有钩刺的灌木边，在那儿遇见了住在灌木丛中的科罗鸟。它对科罗鸟说："我爸爸打了我的屁股，我妈妈也打了我的屁股，我所有的叔叔阿姨都打了我的屁股，就因为我非常非常好奇，但我还是想知道鳄鱼到底吃什么东西！"

科罗鸟听完小象的话，难过地说："去那条宽阔的大河吧，去那条灰蒙蒙、绿幽幽、油腻腻的林波波河[2]。在那条大河长满蓝桉树的岸边，你就会知道鳄鱼吃什么了。"

当时那个岁差年已经快过完了，因为岁差分点比正常规律早了一些，所以第二天一大早，那头永不满足的小象带了一百磅香蕉（是又小又红的那种）、一百磅甘蔗（是又长又紫的那种）和十七个大西瓜（是又绿又脆的那种）就准备出发了。它对家里人说："再见了，我要去那条灰蒙蒙、绿幽幽、油腻腻的林波波河去，去看鳄鱼到底吃什么东西。"为了表示吉利，它家里人把它的屁股揍了一顿，尽管它很有礼貌地求它们别再打了。

小象出发了，它还有点儿生气，但并不感到惊讶，一路上吃着西瓜，把西瓜皮四下乱丢，因为那时候它还不会捡西瓜皮。

---

1. 岁差年，指春分点在太阳和月球对地球赤道影响下，向西移动绕行黄道一周所经历的时间。一个完整的岁差大约需要 25800 年。

2. 林波波河（俗称鳄鱼河），非洲东南部一大河，全长 1600 公里。

它走呀，走呀，从格雷厄姆斯敦走到金伯利城，从金伯利城走到卡马的国家[1]，从卡马的国家继续往东北方向走，一路上吃着西瓜，最后它终于走到了那条宽阔的大河，那条灰蒙蒙、绿幽幽、油腻腻的林波波河，河岸上长满了蓝桉树，跟科罗鸟说的一模一样。

哦，我亲爱的孩子，你现在一定得知道而且一定要理解，直到那个星期的那一天的那个小时的那一分钟，那头永不满足的小象还从来没看见过鳄鱼。它并不知道鳄鱼长什么模样，而这正是它永不满足的好奇心想要知道的。

小象在河边最先看见的是一条盘绕在岩石上的花斑大蟒蛇。

"对不起，"小象很有礼貌地问，"你在这乱糟糟的地方看见过鳄鱼那样的东西吗？"

"问我看见过鳄鱼吗？"花斑大蟒爱理不理地说，"接下来你还想问我什么？"

"对不起，你能告诉我鳄鱼吃什么东西吗？"

这一下花斑大蟒蛇飞快地从岩石上舒展开身子，用它长着鳞片、鞭子一样的蛇尾狠狠地抽打小象的屁股。

"真奇怪，"小象喃喃道，"就因为我有好奇心，爸爸妈妈和其他叔叔阿姨都打我的屁股，就更不用说河马大婶和狒狒大叔了，我猜花斑大蟒打我也是因为这个原因。"

于是，小象很有礼貌地向花斑大蟒蛇告别，并帮助它重新盘绕在那块岩石上，然后继续往前走。它还有点儿生气，但并不感到惊讶，一路上吃着西瓜，把西瓜皮四下乱丢，因为那时候它还不会捡瓜皮。最后，在河岸上长满蓝桉树的灰蒙蒙、绿幽幽、油腻腻的林波波大河水边，它

---

1. 指英国于1885年在南部非洲建立的保护国贝专纳兰（Bechuanaland），因其国王叫卡马三世（Khama III，约1837—1923），所以称"卡马的国家"（今分属南非和博茨瓦纳）。

踩上了一个它以为是一截木头的东西。

可是哟，我亲爱的孩子，那截木头就是一条真正的鳄鱼。鳄鱼眨着一只眼睛——你看，就是这么眨的！

"对不起，"小象很有礼貌地问，"你碰巧在这乱糟糟的地方看见过鳄鱼吗？"

鳄鱼又眨了眨另一只眼睛，从淤泥中翘起尾巴。小象很有礼貌地倒退了好几步，因为它不想再被打一顿屁股。

"走过来呀，小家伙，"鳄鱼说，"你干吗问这件事呢？"

"请原谅，"小象还是很有礼貌地说，"我不能过来。就因为我爱提问，我爸爸打过我屁股，我妈妈打过我屁股，高挑的鸵鸟阿姨抽过我的屁股，高个儿的长颈鹿叔叔踢过我的屁股（它踢得可狠呢），更别说胖乎乎的河马大婶和毛茸茸的狒狒大叔了，连那边河岸上的花斑大蟒也用它长着鳞片、鞭子一样的尾巴抽了我一顿。它比谁都打得更疼。所以，如果你也和它们一样的话，我可不愿意再挨揍了。"

"过来吧，小家伙，因为我就是你要找的鳄鱼。"鳄鱼为了证明自己说的是真话，还真的流下了鳄鱼的眼泪。

小象一听不由得气喘心跳。它在河岸上跪下来，说："你原来就是我这些天来一直寻找的鳄鱼。你愿意告诉我你吃什么东西吗？"

"过来吧，小家伙，"鳄鱼说，"让我悄悄告诉你。"

于是小象把头凑近鳄鱼那有满口利牙的嘴巴。鳄鱼一口咬住了小象的鼻子，而直到那个星期的那一天的那个小时的那一分钟，象鼻子还只有一只靴子那么长，不过比靴子有用多了。

鳄鱼说："我想呀，"——鳄鱼的嘴咬住小象的鼻子，它的话是从牙缝里挤出来的，就像这样挤——"我想呀，我今天就开始吃小象了。"

哦，我亲爱的孩子！这下小象可气坏了。它用鼻子哼哼着说，就像这样哼，"放开我！痛死我了！"

这时，那条花斑大蟒蛇下了岩石，从水中游过来说："嗨，我的小朋友，我看呀，你要是不马上使出最大的劲儿来往回拽，你那位穿鳄鱼皮大衣的伙伴（大蟒是在说鳄鱼）一眨眼工夫就会把你拉到河中间的清水里去。"

花斑大蟒总是用这种腔调说话。

这下小象蹲下身来，使劲儿往岸上拽。它拽呀，拽呀，它的鼻子开始被拽长了。鳄鱼则挣扎着往水里拉。它拉呀，拉呀，尾巴都快把河水搅成泥浆了。

小象的鼻子一点点被拉长。它挺直四条象腿使劲儿往岸上拽。它拽呀，拽呀，鼻子越拽越长。鳄鱼则像划桨一样甩着尾巴拼命往水里拉。它拉呀，拉呀，每拉一下，小象的鼻子都被拉长一点——小象真是疼极了。

突然，小象觉得脚下一滑，它用鼻子哼着说（这时它的鼻子已有一米半长了）："这真是太糟糕了！"

这时花斑大蟒急忙蹿下河岸，用身子缠稳小象的后腿，然后说："又性急又没有经验的旅行家哟，这下我们可得认真使使劲儿了，要不然的话，那艘浑身装甲、自动划桨的军舰将永远毁掉你的前程。"对啦，我亲爱的孩子，大蟒说的军舰还是指鳄鱼。

花斑大蟒总是用这种腔调说话。

这一下，大蟒拉，小象拉，鳄鱼也拉。不过还是大蟒和小象加在一块儿力气大，最后只听扑通一声，鳄鱼放了小象的鼻子，整个林波波河上都听见了那一声扑通。

小象冷不防猛的一下坐到地上，但它首先想到的却是说："谢谢你，花斑大蟒蛇。"然后它才开始照料它那根被拉长的可怜的鼻子，用清凉的香蕉叶把鼻子包扎好，并把鼻子伸进灰蒙蒙、绿幽幽、油腻腻的林波波河去清凉清凉。

"你这是干吗？"花斑大蟒问。

"对不起，"小象说，"你看我的鼻子完全变形了，我要等它恢复原样。"

"那你可要等很久很久。唉，有些人就是不知道什么东西对它有好处。"鳄鱼说。

小象坐在河边等了三天，可它的鼻子一点也没缩短，非但如此，它还变成了斜视眼。因为呀，我亲爱的孩子，你很快就会明白，鳄鱼已经把小象的鼻子拉成了今天你们看见的所有大象都有的那种象鼻子。

到了第三天傍晚，一只苍蝇飞来叮在小象的肩头上，小象自己还没弄清是怎么回事，它的鼻子就往上一甩，鼻尖刚好把苍蝇打死。

"这是长鼻子的第一个用处！"花斑大蟒在一旁说，"你原来那个短鼻子可办不到。好啦，你现在吃点东西吧。"

　　这是小象的鼻子被鳄鱼拉长的情景。它当时又惊又痛，用鼻子哼着说："放开我！痛死我啦！"它拼命往岸上拽，鳄鱼却使劲儿往河里拉；不过那条花斑大蟒正急匆匆从水里游过来帮小象。河两边那些黑色就是灰蒙蒙、绿幽幽、油腻腻的林波波河的河岸（但篇幅不允许我画这些），那棵树根扭曲、有八片树叶的树就是蓝桉树。

　　在主画面的下方，画的是一些正在上一条非洲方舟的非洲动物的剪影，有两头狮子、两只鸵鸟、两头牛、两峰骆驼、两只羊，还有两个小东西，看上去像老鼠，不过我认为它们是野兔。它们跟故事无关，我把它们画进来是因为我觉得它们看上去很可爱。要是画面允许我好好画这些动物，它们会显得非常漂亮。

　　小象还没来得及想一想，它的鼻子早已拔起一大束草，轻轻地在前腿上弹掉泥灰，然后一下送进了嘴里。

　　"这是第二个用处！"花斑大蟒说，"你原来那个短鼻子可办不到。好啦，你不觉得这儿太阳晒得太热么！"

　　"是有点热。"话音刚落，小象的鼻子早已从灰蒙蒙、绿幽幽、油腻腻的林波波河河岸卷起一大团淤泥，啪的一下拍在头上，做成了一顶大泥帽。

　　"这是第三个好处！"花斑大蟒说，"你原来那个短鼻子可办不到。好啦，你现在觉得揍揍屁股怎么样？"

　　"对不起，"小象说，"可我一点不喜欢挨揍。"

　　"你喜欢揍别人吗？"花斑大蟒问。

　　"那我倒真喜欢。"小象高兴地回答。

　　"好吧，"花斑大蟒说，"你将发现你的新鼻子还可以用来揍别人的屁股。"

　　"谢谢你，"小象说，"我会记住这一点。不过我认为我该先回家，然后再试试揍人。"

　　于是，小象又穿过非洲平原，朝家里走去，一路上舞动着它的长鼻，

　　这里画的是那头小象正打算用它新弄到的长鼻子从香蕉树上摘香蕉。我觉得这幅画没画好，但我也没法把它画得更好了，因为大象和香蕉都很难画。小象身后那一大团黑乎乎的东西表示非洲某个地方黑乎乎的沼泽地。小象遮太阳用的泥帽就是用沼泽地的黑泥做的。我觉得，要是你把香蕉树涂成绿色，把那头象涂成红色，这幅画会更好看些。

想吃水果的时候，就用鼻子从树上摘，而不再像往常一样在树下等水果掉下来；想吃草的时候，就用鼻子从地上拔，而不再像往常一样跪下身子；有苍蝇叮它的时候，就用鼻子折下一根树枝做苍蝇拍；太阳晒得火辣辣的时候，就用鼻子做一顶泥帽戴在头上；走得寂寞的时候，就用鼻子哼一支歌，那声音真比儿个铜管乐队奏出的还响亮。它还特意偏离大路，专门找到一头胖乎乎的河马（那头河马可不是它家亲戚），并把它狠狠地揍了一顿，以证实花斑大蟒说的是真话——它的新鼻子可以揍别人。在其余时间，它还用鼻子捡起它来的时候一路上丢下的西瓜皮，因为它是一头爱清洁讲卫生的小象。

一天黄昏的时候，它终于回到了家。它卷起鼻子向大家问好。大家看见它回来都非常高兴，并且马上叫道："过这边来，为了你那永不满足的好奇心，我们得再揍你一顿。"

"呸！"小象不屑地说，"我认为你们压根儿就不懂怎样揍人。可是我懂，我现在就揍给你们看。"它说完就扬起鼻子，把两个亲爱的哥哥摔了个四脚朝天。

"哇，真厉害！"大伙儿齐声说，"你从哪儿学的这招？还有，你的鼻子是怎么回事？"

小象回答说："我从鳄鱼那里得到了一个新鼻子，就是住在灰蒙蒙、绿幽幽、油腻腻的林波波大河里的那条鳄鱼。我问它到底吃什么东西，它就给了我这个玩意儿。"

"可这看起来多丑呀。"毛茸茸的狒狒大叔说。

"丑是丑，"小象说，"但是很有用。"说完它用鼻子卷住毛茸茸的狒狒大叔一条毛茸茸的腿，一下就把它摔进了一个大黄蜂窝。

然后淘气的小象把家里人挨个儿作弄了一遍，这花了很长时间，直到大伙儿都非常生气，也非常惊讶。它拔下了高挑的鸵鸟阿姨尾巴上的羽毛。它拖着高个儿长颈鹿叔叔的后腿穿过一片棘丛。它趁胖乎乎的河马大婶饭后在水中午休时，冲它大吼一声，并往它耳朵里吹水泡。但它决不允许任何家伙动科罗鸟一根羽毛。

到最后呀，那可真是令人激动，它所有的家人都一个个急匆匆地赶往那条大河，那条灰蒙蒙、绿幽幽、油腻腻、河岸长满蓝桉树的林波波河，去向鳄鱼讨要新鼻子。等大伙儿都回来之后，就再也没有谁欺负谁了。而从那之后，哦，我亲爱的孩子，你能看见的所有大象，还有那些你看不到的大象，都有了一根长鼻子，一根和那头永不满足的小象一模一样的鼻子。

◆ ◆ ◆

我有六个诚实可靠的跟随，
　我懂的一切都由它们教会。
它们名叫何时、什么、哪里，
　还有如何、为什么以及谁。
我常派遣它们去翻山越海，
　我还命令它们去东奔西飞；
不过在它们为我干完活后，
　我会让它们歇息，好好安睡。

休息时间是从上午到下午，
　因为那段时间我最忙最累，
不过得除开吃饭喝茶的时候，
　因为那几个家伙也要补充油水；

但不同的人总有不同的喜好，

    我认识个小姑娘就别有风味，

她有成千上万的随从跟班，

    却从来不让人家歇息安睡！

她每天一睁开眼就发号施令，

    要她的随从为她奔波劳累——

八百个如何，九千个哪里，

    十万个为什么和数不清的谁！

袋鼠变形记

从前呀，袋鼠并不是我们今天看见的这副模样。那时候的袋鼠四条腿都很短，浑身灰不溜丢，软毛蓬乱，可它真骄傲，骄傲得忘乎所以。一天，它在澳洲中部的岩层上跳了一圈舞，然后就去找小巫师。

它在早餐前的六点钟找到了小巫师。它要求说："请你在今天下午五点钟之前把我变得跟其他所有动物都不一样。"

小巫师从沙台中的座位上跳起来大声吼道："滚开！"

袋鼠浑身灰不溜丢，软毛蓬乱，可它真骄傲，骄傲得忘乎所以。它在澳洲中部的一块岩礁上跳了一阵舞，然后又去找二巫师。

它在早餐后的八点钟找到了二巫师，它要求说："请你在今天下午五点钟之前把我变得跟其他所有动物都不一样，另外，还得让我人见人爱。"

二巫师从鬣刺草丛中的洞穴里跳出来大声吼道："滚开！"

袋鼠浑身灰不溜丢，软毛蓬乱，可它真骄傲，骄傲得忘乎所以。它在澳洲中部的一片沙洲上跳了一阵舞，然后再去找大巫师。

它在午餐前的十点钟找到了大巫师，它要求说："请你在今天下午五点钟之前把我变得跟其他所有动物都不一样，另外，还得让我人见人爱，被别人疯狂追求。"

大巫师从盐田中的浴池里跳出来说："好吧，我让你变！"

于是大巫师就开始呼唤那条黄乎乎的澳洲野狗（大黄狗总是饿着肚子、满身尘土、懒洋洋地晒着太阳），它指着袋鼠对大黄狗说："大黄狗，快醒来。大黄狗！你没看见这位在灰坑中跳舞的先生么？它想人见人爱，还想被别人疯狂地追求。大黄狗，追它去吧！"

大黄狗一跃而起，眨巴着眼睛说："什么，就是这个猫不像猫、兔子不像兔子的家伙么？"

这是画的袋鼠还有四条短腿时的模样，那时候它完全是一种不同于袋鼠的动物。我把它画得灰不溜丢，软毛蓬乱，而且你能看出它很骄傲，因为它软毛蓬乱的头上戴着顶花冠。它正在澳洲中部的一块大岩石上跳舞，当时是早餐前的六点钟。你能看出那是六点钟，因为太阳正好在升起。那个竖着耳朵张着嘴的家伙就是小巫师。小巫师非常吃惊，因为他以前从来没见过袋鼠像那样跳舞。小巫师正在说："滚开！"但袋鼠当时没听见，因为它一直在忙着跳舞。

除了叫"流动工"外，袋鼠没有过真正的名字。它后来把那个名字也给弄丢了，因为它实在太骄傲。

老是饿着肚子的大黄狗说完向前一冲，龇牙咧嘴地笑了，嘴巴张得像个大煤斗。它开始追袋鼠。

骄傲的袋鼠四脚落地，像只小兔子一样没命地奔逃。

啊，我亲爱的孩子，这就是这个故事的前半部分。

袋鼠跑过了沙漠，翻过了高山，掠过了盐田，穿过了芦苇丛，钻了蓝桉林，冲过了鬣刺草荒原。它跑呀，跑呀，直到它两条前腿都跑痛了。

它不得不这样跑！

老是饿着肚子的大黄狗龇牙咧嘴地笑着，嘴巴张得像个捕鼠夹。它既追不上袋鼠，也不会被落下老远，就这样不远不近地追在后面。

它不得不这样追！

这里画的是那天下午五点钟时的袋鼠，当时它已经像大巫师答应过的那样，有了两条漂亮的后腿。你能看出当时是五点钟，因为大巫师最喜欢的钟是那么说的。大巫师正躺在浴池里，把双脚伸出水面。袋鼠对大黄狗很不礼貌。大黄狗一直都在试图追上袋鼠，为此跑遍了整个澳大利亚。你能看见，在它们身后光秃秃的山坡上，袋鼠那两条新腿留下的脚印。大黄狗被画成了黑色，因为我未被允许把这些插图画成彩色的，另外，大黄狗追过弗林德斯河和辛德河之后，也因满身尘土而变得黑不溜秋的了。

我不知道大巫师浴池周围那些花叫什么名字。荒漠中那两个又小又矮的家伙就是那天早上袋鼠去找过的小巫师和二巫师。上面写有字母的那个东西是袋鼠的袋子。袋鼠必须有袋子，就像它必须有腿一样。

袋鼠跑呀，跑呀。它跃过了朱蕉丛，穿过了相思树林，钻过了高草丛，蹿过了矮草丛，跨过了南回归线，越过了北回归线，直到它两条后腿也跑痛了。

它不得不这样跑！

老是饿着肚子的大黄狗龇牙咧嘴地笑着，嘴巴张得像个马颈圈。它既追不上袋鼠，也不会被落下老远，就这样不紧不慢地把袋鼠追到了伍伦贡河河边。

河上没有桥，也没有渡船，袋鼠不知道怎么过河。它急得站起身，跳了起来。

它不得不这么跳。

它跳过了弗林德斯河。它跳过了辛德河。它跳过了澳洲中部的荒原沙漠。它跳得像一只真正的袋鼠。

开始它一跳只能跳一米远，后来能跳三米，最后能跳上五米远。它的腿越跳越有力，越跳越长。它就这样跳呀，跳呀，简直没法停下来休息一下，虽然它很想喘口气。

大黄狗还是在后面追。它肚子饿极了，心中感到十分迷惑，它不明白到底是什么使袋鼠会跳了。

袋鼠跳得像一只蟋蟀，像一颗热锅上的豌豆，像游戏室里的一个新皮球。

它不得不这么跳。

跳着，跳着，袋鼠蜷曲起两条前腿，只用两条后腿跳，它还伸出尾巴来保持平衡，就这样跳过了昆士兰的达令高地。

它不得不这么跳。

大黄狗在后面追呀，追呀。它越追越饿，越追越迷惑。它不知道究竟什么时候袋鼠才会停止跳跃。

正在这时，大巫师从他的盐田浴池来了。它说："现在已经是下午五点了。"

又饿又累的大黄狗坐了下来——可怜的大黄狗，总是饿着肚子、满身尘土、懒洋洋地晒太阳的大黄狗——伸出长长的舌头不停地咆哮。

袋鼠也坐了下来，拖在身后的大尾巴活像挤奶时用的木凳。它说："谢天谢地，总算停下来了。"

这时，总像绅士一样说话的大巫师问袋鼠："你干吗不谢谢大黄狗？你干吗不感谢它为你所做的一切？"

累得筋疲力尽的袋鼠说："它把我追出了我度过童年的地方。它使我弄混了正常的吃饭时间。它使我变成了这副模样，这恐怕一辈子也变不回去了。它还给我的腿施了魔法。"

大巫师说："这也许是我的错。可难道不是你自己要求我把你变得不同于其他所有动物么？不是你自己要求我让你被追么？现在正好是五点钟。"

"我是要求过的，"袋鼠说，"我要是没要求过就好了。我原来还以为你会施魔法或念咒语把我变一变，可结果简直是一场恶作剧。"

"恶作剧！"大巫师从蓝桉林中的浴池中说，"你要再这么说，我就叫大黄狗把你的腿追断。"

"哦，别叫！"袋鼠连忙说，"我必须向你道歉。腿嘛总还是腿，你用不着把我的腿变得连我自己看着都没有腿样了。我只是想跟你解释一下，尊敬的大巫师，我从早上到现在还水米未沾，肚子都饿成一个空口袋了。"

"我也一样，"大黄狗在一旁说，"我已经让它变得跟其他动物都不同，我该吃点什么东西呢？"

大巫师从浴池回答说："吃什么明天再来问我吧，因为我要洗澡了。"

就这样，袋鼠和大黄野狗都留在了澳洲中部。它们互相指责说："这都是你的错！"

❖ ❖ ❖

把这首吹牛说大话的歌谣唱唱，
唱的是一只袋鼠上马拉松赛场，
跑马拉松像冲刺，只有袋鼠这样跑，
盐田浴池那位大巫师要它出洋相，
前头跑的是袋鼠，后边是野狗大黄。

袋鼠就这样跑呀，跑呀，
两条后腿旋动像活塞一样——
从大清早一直跑到日落时分，
每步距离都足有整整八米长。
大黄狗在后面追呀，追呀，
好似一片黄色云彩在天边飘荡——
时间太紧迫，都来不及汪汪两声。
哇！可它们跑过了所有河流山岗。

没人能跟得上它们飞奔的脚步，
谁也不知它们跑过了哪些地方，
因为那时候的澳洲大陆
还没有地名，不像今天这样。

从托雷斯海峡到卢因角¹，

（请你打开地图，仔细量量）

它们跑了整整三十个纬度，

而且还原路折返又跑了一趟。

孩子哟，如果你能用一个下午

从印度洋边的阿德莱德市²

向东一口气跑到太平洋，

那也不过跑了它们一半路程——

虽然你会感到灼热难当，

但你两条腿会练得非常健壮——

不错，我缠人而淘气的孩子哟，

你会变成了不起的长跑健将！

---

1. 托雷斯海峡在澳大利亚最北端，卢因角则在西南角。

2. 阿德莱德市，澳大利亚南部的一座城市，濒临印度洋。

犰狳 * 的来历

啊，亲爱的孩子，这又是一个发生在很久很久以前的故事。那个时候呀，在浑浊的亚马孙河岸边，住着一只浑身长刺的刺猬，它靠吃河边的蜗牛和其他食物为生。刺猬有个好朋友，那就是又硬又慢的乌龟。乌龟也住在浑浊的亚马孙河岸边，靠吃绿莴苣和其他食物为生。所以呢，一切都还不错，我亲爱的孩子，你说呢？

但在那个时候，就是在很久很久以前，浑浊的亚马孙河边还住着一头小花斑豹，而花斑豹吃它能捕捉到的任何动物。当它抓不到鹿或猴子的时候，它就捉些青蛙和甲虫来充饥；当它连青蛙和甲虫都捉不到的时候，它就去请教它妈妈，于是豹妈妈就会教它怎样捕食刺猬和乌龟。

豹妈妈总是和蔼地摇着尾巴，一遍又一遍地教小花斑豹："孩子呀，如果你发现刺猬，你必须把它丢到水中，这样它才会伸展开肢体；而要

---

* 犰狳（音 qiú yú），又称"铠鼠"，产于南美洲等地的一种小型哺乳动物，有鳞片状的骨质甲覆盖其头部、背部、尾部和四肢外侧。犰狳是一种益兽，现在成了一种珍稀的濒危物种。

是捉到乌龟，你就得用利爪把它从壳里掏出来。"所以呢，一切都还不错，我亲爱的孩子。

在亚马孙河畔一个美丽的夜晚，在一棵倒下的大树旁边，小花斑豹发现了坐在树干下的浑身长刺的刺猬和又硬又慢的乌龟。它俩当时来不及逃跑，于是刺猬把身子蜷成了一个圆球，因为它是刺猬；乌龟也尽量把脑袋和四条腿缩进了龟壳，毕竟它是乌龟。所以呢，一切都还不错，我亲爱的孩子，你说呢？

"现在请注意听我讲，"花斑豹对它俩说，"因为我的话非常重要。我妈妈说，要是我遇见刺猬，就该把它丢到水中，这样它就会伸展开身体；要是碰到乌龟，就必须用我的利爪把它从壳里掏出来。现在快告诉我，你俩谁是刺猬？谁是乌龟？因为……因为……就别难为我了，因为我分不出来。"

"你敢肯定你妈妈真是这样对你说的吗？"浑身长刺的刺猬问，"你真敢肯定吗？也许它是说，你要想伸展开乌龟，就必须用勺子把它从水中剥出来；而你要想抓刺猬，就必须把它丢在乌龟壳上。"

"你敢肯定你妈妈真是这样对你说的吗？"又硬又慢的乌龟问，"你真敢肯定吗？也许它是说，你要想用水浇刺猬，就必须把它丢进你的利爪；而当你遇见乌龟，就必须把它剥得伸展开四肢。"

"我认为我妈妈根本不是这样说的，"花斑豹嘴上这么说，心里却有点儿犯糊涂，"不过，请你俩把刚才那番话再说清楚一点。"

"你要用利爪掏水，就必须用刺猬把水伸展开，"浑身长刺的刺猬说，"记住这点啊，因为这很重要。"

"不过，"又硬又慢的乌龟说，"你要想抓你的猎物，就必须用勺子把它丢进乌龟。你怎么连这都不懂？"

"你们都快把我给说糊涂了，"花斑豹说，"再说了，我并不想听你俩饶舌，我只想知道你俩谁是刺猬，谁是乌龟。"

"我才不告诉你呢，"浑身长刺的刺猬说，"但要是你愿意，你可以把我从壳里掏出来。"

"啊哈！"花斑豹得意地说，"这下我可知道你就是乌龟了。你还以为我分不出来呢。现在我要……"它一边说一边猛地向刺猬伸出利爪，可这时刺猬刚好蜷成了一个刺球，它伸出的前掌结结实实地拍在了尖刺上面。更糟糕的是，这一拍把那个刺球拍得滚动起来，而且很快就滚进了树林里的灌木丛中，灌木丛中黑乎乎的，刺猬不见了踪影。这下花斑豹把前爪放进嘴里舔伤，当然啰，这一舔让它觉得伤口更痛了。等那阵痛劲儿过去之后它才开口说："现在我知道了，原来那家伙压根儿就不是乌龟。可是……"它用没被刺伤的那只前爪挠着头说，"我怎么知道这另一个家伙就是乌龟呢？"

　　这是一幅激动人心的地图，画的就是那条浑浊的亚马孙河。除了左上方河边那两只犰狳外，这幅图与所讲的这个故事没多大关系。我说的激动人心之处就是图中那个人的探险，那人走的就是图中用平行双线条划出的那条路线。我开始画这幅地图时，本来想画出犰狳、海牛、蜘蛛猴、大蟒蛇和许多美洲花斑豹，但既然是画地图，更激动人心的应该是画冒险经历。你从地图的左下角开始，顺着小箭头指示的方向绕行，最后你将绕到图中那个探险者登船回家的地方，那艘船名叫"皇家虎号"。这是幅充满了冒险经历的地图，所有的经历都有文字讲解，所以你能清楚地看到哪儿发生过一段冒险故事，哪儿是一棵树，哪儿是一艘船。

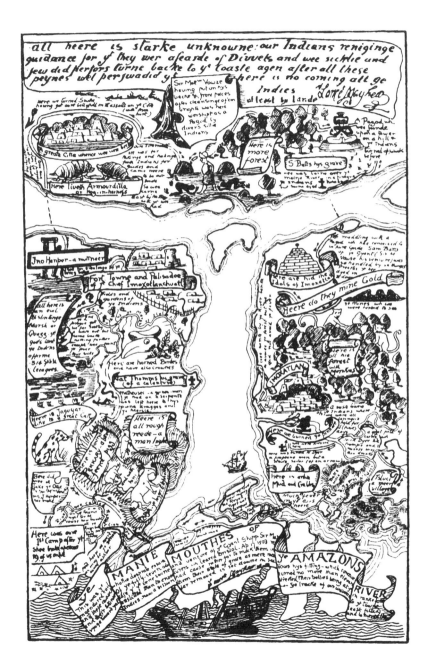

"我就是乌龟，"又硬又慢的乌龟说，"你妈妈算说对了。它说你必须用利爪把我从龟壳里掏出去。现在你来掏呀。"

"可你刚才说我妈妈并不是这么说的，"花斑豹一边舔它受伤的前爪一边说，"你刚才说它说的那番话与这番话完全不同。"

"好吧，就算你说我刚才说你妈妈说的完全是另一番话，我也看不出这有什么不同，因为，如果它说过你所谓的我说是它说的那番话，那实际上和我说它说过它说的完全一样。从另一个方面来说，如果你认为它说的是你必须用勺子把我伸展开，而不是用乌龟壳把我撕成碎片，那我也没办法，你说是吧？"

"可你说你想被我从乌龟壳里掏出来。"花斑豹说。

"如果你再想想，你就会发现我并没说过那样的话。我是说你妈妈说你必须用利爪把我从龟壳里掏出去。"乌龟回答说。

"我就把你给掏出来，那又会怎么样呢？"花斑豹非常傲慢但又小心翼翼地问。

"那我可不知道，因为我从来就没被掏出过我的龟壳。但实话实说吧，要是你想看我游水溜走的话，你只有把我丢进河里。"

"我才不信你的话呢。"花斑豹说，"你们把我妈妈对我说的那番话与你们问我敢不敢肯定真是我妈妈对我说的那番话给搅作一团，弄得我都不知道头上顶的是地，还是脚下踩的是天了。现在你又说些我能够听懂的话，把我弄得更糊涂了。我妈妈说必须把你俩中的一个丢进水里，而你似乎很想被丢进水里，所以我认为你并不想被丢进水里。那么，你自己往河里跳吧，跳进这浑浊的亚马孙河。快跳呀！"

"那我可得警告你，你妈妈会不高兴的。到时候别对它说我没提醒过你。"又硬又慢的乌龟说。

"你要是再说什么我妈妈说……"花斑豹开口回答，可它一句话还没说完，乌龟已悄悄潜入水中，在浑浊的亚马孙河水下游出了老远老远。最后它上了岸，刺猬正在岸边等着它呢。

"真是死里逃生啊！"刺猬对乌龟说，"我真讨厌那头花斑豹。你对它说你是什么来着？"

"我老老实实地告诉它我就是乌龟，可它不相信，并且还非要我跳进河里，好看看我到底是不是乌龟，而我就是乌龟，结果它惊呆了。它现在找它妈妈去了。我们去听听它都说些什么。"

它们能听见小花斑豹在亚马孙河岸边的树林里来来回回地呼喊，直到它妈妈闻声来到河边。

"孩子啊，孩子！"豹妈妈和蔼地摇着尾巴连连问小花斑豹，"你又在做什么你不该做的事呢？"

"我想去掏一个说它想被爪子掏出乌龟壳的家伙，结果我的前爪被刺伤了。"小花斑豹说。

"孩子啊，孩子！"豹妈妈和蔼地摇着尾巴反复叮咛说，"从你被刺伤的前爪来看，我想那家伙一定是刺猬。你本来应该把它丢进水里。"

"我把另一个家伙丢进水里了。那家伙自称是乌龟，可我不相信，结果它果真是乌龟，自己跳进了浑浊的亚马孙河，而且再也没有露面。我忙乎了大半夜也没弄到点东西吃，我想我们最好还是搬到别处去吧。它们太机灵了，在这浑浊的亚马孙河河边，我是没本事逮住它们了。"

"孩子啊，孩子！"豹妈妈和蔼地摇着尾巴反复叮咛说，"现在注意听我讲，而且要用心记住。刺猬会把身子蜷成一个圆球，向四面八方伸出它的尖刺。根据这点，你就知道那是刺猬了。"

"我一点也不喜欢这个老太婆，"躲在一大片树叶阴影下的刺猬说，"我真想知道它还知道些什么。"

"乌龟却没法蜷身，"豹妈妈和蔼地摇着尾巴反复叮咛说，"它只会把脑袋和腿缩进它的龟壳。根据这点，你就知道那是乌龟了。"

"我也一点都不喜欢这个老太婆，"又硬又慢的乌龟说，"这下小豹子肯定忘不掉它妈妈这番教诲了。唉，刺猬兄弟，真遗憾你不会游泳。"

"别说我了，"刺猬说，"你想想，要是你会蜷身，那岂不更妙！真是糟糕透了！听！那小家伙在念叨什么？"

这时小花斑豹正坐在浑浊的亚马孙河河边，一边舔着受伤的前爪一边自言自语：

> 不会蜷身会游水，
> 一定是只大乌龟！
> 不会游水会蜷身，
> 一定是个大刺猬！

"糟了，这下它肯定好久都忘不了啦，"刺猬说，"乌龟大哥，快托住我的下巴，我得设法学会游泳了。这招也许会用得着。"

"太好了！"乌龟说着托起了刺猬的下巴，刺猬开始在浑浊的亚马孙河中蹬着腿学游泳。

"你会成为游泳健将的，"乌龟说，"好，现在请你帮我把背甲松一松，我看我能不能把身子也蜷起来。这招也许会用得着。"

刺猬帮乌龟松了松背甲。乌龟开始使劲儿地扭曲身子，扭呀，扭呀，最后还真的稍稍蜷曲了身子。

"太棒了！"刺猬说，"但我不能再让你练下去了。你脸都发青了。麻烦你再陪我下水，我想练练侧泳，你说过游侧泳不难。"于是刺猬继续练游泳，乌龟则在旁边陪着它练。

"太好了！"乌龟说，"再稍稍练练你都比得上一头鲸鱼了。现在麻烦你帮我把背甲和胸甲都松松，我想练练那种优美的蜷腰式，你说过这姿势容易学。这难道不会让那小家伙大吃一惊？"

"太棒了！"刺猬从浑浊的河水中上岸，浑身湿淋淋地说，"我敢说，我都快看不出你到底是乌龟还是刺猬了。我想你刚才说的是'再稍稍练练'？那就再稍稍表现一下吧，拜托了，别这样大声哼哼，不然花斑豹会听见的。等你把这轮练完了，我还想学学长时间潜水呢，你说过那不难。这难道不会让那小家伙大吃一惊？"

于是满身长刺的刺猬开始学潜水，又硬又慢的乌龟在一旁陪练。

"太好了！"乌龟说，"再稍稍注意一下屏气要领，你都可以在这浑浊的亚马孙河河底安家了。现在我想练练把后腿抬到耳根的动作，你说过这姿势特别舒服。这难道不会让那小家伙大吃一惊？"

"太棒了！"刺猬说，"不过这动作让你的背甲板块稍稍有点变形。它们现在不再是一块挨着一块，而是一块叠一块了。"

"呵，这就是锻炼的效果。"乌龟说，"我也注意到你的刺都在变软变短，互相靠拢。和从前相比，你现在越来越像松树上的松果，而不像板栗树上的刺果了。"

"是吗？"刺猬说，"这就是在水中浸泡的结果。哈！这难道不会让那小家伙大吃一惊？"

它俩就这样互相帮助，一直练到第二天早晨。当太阳升得老高老高的时候，它俩上岸休息，把身上晒干。这下它们发现自己都已经不是原来的模样了。

早饭之后，乌龟对刺猬说："刺猬兄弟，我已经不是昨天的我了，但我想这下我可以去逗逗那头花斑豹了。"

"我正好也是这么想的，"刺猬说，"我认为尖刺变成鳞片是一种巨大的改进，更不用说我已经会游泳了。哈！这难道不会让那小家伙大吃一惊？我们这就找它去吧。"

不久之后，它们找到了小花斑豹。它还在舔它昨晚被刺伤的前爪。一见它俩，小花斑豹惊得连连后退，后退的距离有三条花斑尾巴那么长。

"早上好！"刺猬说，"你亲爱而和蔼的妈妈今天早上好吗？"

"它很好，谢谢。"小花斑豹回答说，"不过，要是这会儿我一下想不起你的名字，请你一定原谅。"

"你可真不讲交情，"刺猬说，"你忘了昨晚你还想用利爪把我从乌龟壳里掏出来么？"

"可你压根儿就没什么乌龟壳。你浑身都是刺。"小花斑豹说，"我知道你是个刺头。看看我的前爪吧！"

这里画的就是故事里的小花斑豹以及后来变成犰狳的刺猬和乌龟，这会儿它们正挤作一堆。这幅画你怎么翻转着看都一样。乌龟在画面中央，正在学如何蜷身，这就是它背上那些龟壳板块展开的原因。乌龟站在刺猬身上，而刺猬正等着学如何游泳。刺猬是一只日本刺猬，因为当我想画它们的时候，没在花园里找到我们自家的刺猬（当时是白天，它们都躲到大丽菊下边睡觉去了）。小花斑豹正从画面上方往下看，它因抓刺猬而被刺伤的右爪现在已被妈妈细心地包扎好了。看见乌龟蜷起身子，它非常吃惊，它的右爪这会儿还在痛呢。那个有副猪嘴的小眼睛家伙就是乌龟学会蜷身、刺猬学会游泳后就会变成的犰狳，这会儿小花斑豹正试图从它身上翻过来。这是幅不可思议的图画，而这也是我没给小花斑豹画豹须的原因之一，另一个原因是它还太小，豹须还没长出来。小花豹的名字吗？它妈妈叫它多夫斯。

乌龟凑上前说："你还叫我跳进浑浊的亚马孙河淹死呢。你干吗那么残忍？今天又怎么这样健忘呢？"

"你难道不记得你妈妈对你的教诲么？"刺猬开始学着说：

> 不会蜷身会游水，
> 一定是只大乌龟！
> 不会游水会蜷身，
> 一定是个大刺猬！

刺猬说完和乌龟一道都蜷起了身子，并围着花斑豹滚动，一圈又一圈。花斑豹看得目瞪口呆，两只眼珠子像两个车辘轳一样跟着它俩团团转。

然后它又去找它妈妈。

"妈妈，"它说，"今天树林里来了两个新奇的动物，你说不会游泳的那个会游泳，你说不会蜷身的那个会蜷身，而且它们把刺也分摊了，我是这么想的，因为它俩都满身鳞片，而不是一个全身光滑，一个满身长刺。另外，它们还围着我团团转，使我觉得很不舒服。"

"孩子呀，孩子！"豹妈妈和蔼地摇着尾巴，语重心长地说，"刺猬就是刺猬，除了是刺猬不可能是别的什么东西；而乌龟就是乌龟，也绝不可能是别的什么东西。"

"可它们既不是刺猬又不是乌龟，或者说既是刺猬又是乌龟，我真不知道该叫它们什么名字了。"

"胡说八道！"豹妈妈生气了，"每种动物都有一个恰当的名字。在查出它们的真名实姓之前，我就叫它们'犰狳'。现在我不想理睬它们了。"

　　小花斑豹听了妈妈的话，尤其是关于不要去理睬它们的教导。可是哟，我亲爱的孩子，奇怪的是，从那之后直到今天，在浑浊的亚马孙河沿岸，人们从不把刺猬叫刺猬，也不把乌龟叫乌龟，而是把它们都叫作犰狳。当然，别的地方有刺猬和乌龟（我们花园里就有几只），但很机灵的那种，身上的鳞片像松果鳞那样一片叠一片的那种，就是很久很久以前生活在浑浊的亚马孙河岸边的那种，一直都被人们叫作犰狳，因为它们太机灵了。

　　所以呢，一切都还不错，我亲爱的孩子，你说呢？

◆ ◆ ◆

我从不曾航行到亚马孙，

　　也没有去过遥远的巴西；

但"多恩号"和"马格德莱娜号"[1]，

　　只要想去就随时可以去！

对，白色饰金色的大汽船

每星期都要开往那里，

从南安普敦航行到里约[2]。

向南，向南，向南到巴西！

我真希望在我变老之前，

有一天能乘船去那里！

---

1. "多恩号"和"马格德莱娜号"，两艘轮船的名字。

2. 南安普敦是英国南部港口城市，里约是巴西东南部都市里约热内卢的简称。

我从不曾见过花斑豹，
　也从不曾见过犰狳，
恐怕我一辈子都看不见
　全身披着铠甲的犰狳，

　　　　除非我乘船去巴西，
　　　　去观赏那里的奇迹——
　　　　向南，向南，向南到巴西——
　　　　真真切切地航行到巴西！
　　　　啊，我希望在我变老之前，
　　　　真有一天能乘船去那里！

第一封信是怎样写成的

很久很久以前呀，有一个新石器时代的人。他既不是朱特人，也不是盎格鲁人[1]，甚至不是一个达罗毗荼人[2]。他本来很可能是，但他不是，至于为什么呢，我亲爱的孩子，就别去费心思了。反正他是个原始人，住在山洞里，穿很少一点儿衣服。他既不会读书也不会写字，而他也不想学会读书写字，只要肚子不饿，他就非常快活。他的名字叫特格迈·波普苏莱，那意思就是"走路不慌不忙的人"，不过呢，我亲爱的孩子，我们就简单地叫他特格迈好了。特格迈的妻子名叫特霞迈·特温德珞，这个名字的意思是"爱问问题的女人"，不过呢，我亲爱的孩子，我们就简单地叫她特霞迈好了。特格迈和特霞迈有个女儿，名叫塔菲迈·美塔鲁迈，

---

1. 朱特人和盎格鲁人都是古代的北欧民族，分别是原住日德兰半岛的日耳曼人的两个部落分支，从公元五世纪中叶起与日耳曼人的另一个分支（撒克逊人）一道陆续侵入不列颠。
2. 达罗毗荼人，生活在印度南部和斯里兰卡北部同一个大语族的人。

这个名字的意思是"不懂礼貌、该打屁股的小孩",不过呢,我们就简单地叫她塔菲好了。塔菲是他爸爸妈妈的心肝宝贝儿,所以她挨打的次数远没有她该挨打的次数那么多。他们一家三口过着幸福的生活。塔菲刚学会走路,就一天到晚上哪儿都跟着爸爸,有时候父女俩是肚子不饿就不回家。这时特霞迈就会说:"你爷俩到底上哪儿去啦,身上弄得这么脏?说实在的,我的特格迈,你还不如我的小塔菲强呢。"

接下来的故事请用心听啊!

有一天,为准备晚餐食物,特格迈穿过他家附近的河狸泥沼到韦格河去叉鲤鱼,塔菲当然也跟着去了。特格迈的渔叉是用木头做的,叉尖儿是一排鲨鱼牙齿。可他连一条鱼都还没叉到,就因用力过猛把渔叉扎到了河底,结果渔叉被折成了两截。那条河离他们家老远老远(当然,他们用一只小口袋带着午餐),而特格迈那天忘了带备用的渔叉。

"这下麻烦了!"特格迈说,"修理这玩意儿起码得花我半天工夫。"

"你还有柄黑杆渔叉放在家里呢,"塔菲对爸爸说,"我这就跑回家去,叫妈妈把渔叉给我。"

"你这两条腿太短,而路又太远,"特格迈说,"再说了,你弄不好还会掉进那个河狸泥沼淹死呢。我们只能想办法对付了。"特格迈说完坐下来,拿出一个装满鹿筋、皮带、蜂蜡和松脂的皮制工具袋,开始修理渔叉。塔菲也坐下来,把两只小脚伸进水里,用手托着下巴颏儿,开始认真想办法。她想了一会儿突然说:

"我说呀,爸爸,悲催就悲催在我俩都不知道怎样写信,你说是吧?要是我们会写信,就可以叫人捎个信把新渔叉取来。"

"塔菲,"特格迈说,"我给你讲过多少次不要用俚语?'悲催'可不是个规范的字眼儿。不过你说得有道理,如果我们能写信回家,那倒挺方便的。"

正在这时，一个外乡人顺着河边走了过来。但那个人属于远方一个叫特瓦拉的部落，根本就听不懂特格迈部落的语言。外乡人站在河岸上望着塔菲微笑。因为他自己家里也有这么个小女儿。特格迈从工具袋里抽出一束鹿筋，动手修理他的渔叉。

"请到这边来，"塔菲对外乡人说，"你知道我妈妈住在什么地方吗？"那外乡人只是"嗯"了一声作为回答。因为你知道，他是个外乡人。

"真急死人啦！"塔菲跺着脚说，因为她看见一群大鲤鱼正游在水面，可爸爸这时却没法用渔叉捕鱼。

"别老是缠着大人。"特格迈吩咐女儿说，他忙着修理渔叉，所以连头也没抬。

"我没缠大人，"塔菲说，"我只想叫他去做我要他做的事情，可是他听不明白。"

"那就别打扰我了。"特格迈说，继续用嘴咬着那束鹿筋的一端，一根一根地拉直扎紧。那个外乡人（一个真正的特瓦拉人）在草地上坐下来，塔菲指给他看她爸爸在干什么。外乡人心想："她真是个非常了不起的孩子。她冲着我跺脚，又朝我扮鬼脸。她准是那位高贵酋长的女儿；那酋长真伟大，甚至对我看都不看一眼。"想到这儿，他笑得更加和蔼可亲了。

"嘿，"塔菲说，"我想请你去找我妈妈，因为你的腿比我的腿长，不会陷进河狸泥沼。你叫她把我爸爸的另一柄渔叉交给你送来，就是挂在我家火炉上边有黑杆的那柄。"

外乡人（就是那个特瓦拉人）心想："她真是个非常了不起的孩子。她朝我挥手，又冲着我嚷嚷。可她的话我一个字也听不懂。但要是我不做她想要我做的事，恐怕那个对客人不理不睬的傲慢酋长一定会生气。"想到这儿他站起身来，从桦树上刮下一大块树皮递给塔菲。要知道，我亲爱的孩子，他这样做本来是想表明他的心就像桦树皮一样洁白，没有半点恶意；可是塔菲不大明白他的意思。

"噢！"她说，"我现在明白了！你是想要我妈妈的地址？当然啦，我不会写字，但我会画图画，只要有什么又尖又硬的东西当笔用就行。请把你项链上的鲨鱼牙齿借给我用用吧。"

外乡人（就是那个特瓦拉人）没有吭声。于是塔菲伸出小手，拉了拉他脖子上那根用珍珠、种子和鲨鱼齿串成的漂亮项链。

外乡人（就是那个特瓦拉人）心想："她真是个非常了不起的孩子。我项链上的鲨鱼齿是有魔力的，我经常听人说，谁要是不经我许可就去碰它，谁就会马上死掉，可这个小女孩并没死，而那个威严的酋长压根儿不瞧我一眼，只顾干他自己的事，似乎并不担心她女儿会死掉。所以我还是更礼貌些为好。"

于是他把鲨鱼齿给了塔菲。塔菲趴到草地上，把两条腿翘在空中，就像现在有些人在客厅地板上画画时把腿翘起来那样。她对外乡人说："现在我要给你画一些漂亮的图画！你可以在我身后瞧，可千万不许摇晃。我先画爸爸叉鱼。这画得不太像他，但妈妈会明白的，因为我已经画出他的渔叉断了。好啦，我现在画他想要的另一柄渔叉，那柄黑杆渔叉。渔叉看上去好像扎在了爸爸背上，但这是因为鲨鱼齿太滑，而且这块桦树皮也不够大。这就是我要你去取的渔叉，所以我还得画出我向你解释的样子。我的头发并不像画上这样是向上立着的，但这样画起来省事。这下我该画你了。我认为你长得挺帅，但我画不出你的帅劲儿，所以你一定不要生气。你生气了吗？"

外乡人（就是那个特瓦拉人）笑了。他想："准是哪儿要打一场大仗了。这个非同寻常的孩子，这个碰了我有魔力的鲨鱼齿也没死掉的孩子，是要叫我去召集他父亲的部落，叫全部落的人都来帮这个大酋长。他肯定是个大酋长，不然他早该注意到我了。"

"瞧，"塔菲一边说一边还在使劲儿地画，"现在我把你画好了，我把爸爸要的渔叉画在了你手中，这只是要你记住你是去取渔叉。好啦，这下让我告诉你怎样找到我妈妈的住址。你一直向前走，走到两棵树跟前（这些就是树），翻过一座小山（你看这就是山），然后你会走进一个满是河狸的河狸泥沼。我没把河狸都画出来，因为我不会画河狸，我画了它们的脑袋，这就是你过泥沼时会看见的河狸。可你得当心，别陷进泥沼！我家山洞就在河狸泥沼对面。当然，洞口不会像小山一样高，但我不会把东西画得很小。洞外就是我妈妈。她长得很漂亮。她是世界上最最漂亮的妈妈。不过，她看我把她画得这么平常也不会生气。她会为我高兴，因为我会画画。好啦，怕你万一给忘了，我把爸爸要的渔叉画在了洞外。其实渔叉在洞里，但你只要把这幅画给妈妈一看，她就会把渔叉给你。我画她张开双手，因为我知道她一定会很高兴见到你。这难道不是一幅挺好的画？你看明白了吗？要不然我再解释一遍？"

外乡人（就是那个特瓦拉人）盯住图画不住地点头。他心中暗想，"如果我不去把这位大酋长部落的人招来帮他，他就会被手持长矛从四面八方围上来的敌人杀掉。现在我明白大酋长假装不注意我的原因了！他担心藏在树林里的敌人会看见他让我去报信。所以故意背着身，让聪明可爱的女儿画出这幅可怕的图画，让我明白他的困境。我这就去他的部落叫人来帮助。"他甚至没向塔菲问问路，便一阵风似的跑进了树林，手里握着那片桦树皮。塔菲心满意足地坐了下来。

这就是塔菲为外乡人画的那幅画！

"你刚才在干什么呀，塔菲？"特格迈问女儿。这时他已经修好了渔叉，正小心翼翼地试着挥动。

"哦，亲爱的爸爸，那是我自己安排的一点小事，"塔菲说，"即使你

不问我，你也会很快就知道这一切，而且你还会大吃一惊。你简直想不
到你将有多吃惊，爸爸！请答应我你会大吃一惊。"

"好啊，我答应你。"特格迈说完又开始捕鱼了。

那个外乡人（还记得他是个特瓦拉人吗？）拿着画匆匆赶路，一口
气跑了好几英里，最后，他终于找到了塔菲的妈妈特霞迈。当然，那完
全是碰巧了，当时特霞迈恰好在洞外，正在跟其他几位前来共进午餐的
新石器时代的女士聊天。塔菲跟特霞迈长得很像，尤其是前额和眼睛。
所以那位外乡人（那个纯粹的特瓦拉人）彬彬有礼地微笑着把桦树皮交
给了特霞迈。他一路上跑得太急，所以还气喘吁吁，两条腿也在路上被
荆棘划伤了，但他仍努力表现得彬彬有礼。

特霞迈一看那幅画，马上尖叫了一声，接着就扑向那个外乡人，另
外几个新石器时代的女士们也立即动手，把那个外乡人打翻在地，然后

六个人一个挨一个坐在他的身上，特霞迈则揪住他的头发说："事情就像
这人脸上的鼻子一样清楚。他在我的特格迈身上扎满了长矛，而且把可
怜的塔菲吓得头发都竖起来了。这样他还不满足，还把事情的经过画成
这幅吓人的图画给我送来。你们看！"她一边说一边向那些坐在外乡人
身上的女士们展示那幅画，"这就是折断了胳膊的特格迈，这是扎进他后
背的那支长矛，这儿有个人拿着长矛正要投掷，这是另一个从洞里投长
矛的人，这儿还有一大群人（实际上那是塔菲画的河狸，不过看上去十
分像人），他们正从特格迈的身后围上来。这场面真是太可怕了！"

"真是太可怕了！"那些女士们附和说，接着她们把淤泥涂满了那个
外乡人的头发（外乡人对此非常吃惊），然后她们敲响了召集部落人的大
鼓，召来了特格迈部族的大小酋长、祭司、巫医，所有武士以及其他族
人。他们一致决定，在砍掉那个外乡人的脑袋之前，应该让他立即领大
伙儿到河边去，指出他把可怜的塔菲藏到什么地方了。

这时那个外乡人（尽管作为一个特瓦拉人）可真生气了，因为那些
女人往他的头上涂满了淤泥，推着他在疙里疙瘩的石子儿上滚来滚去，
六个人一字排开坐在他身上坐了好久，还对他拳打脚踢，打得他喘不过
气来。虽然他不懂她们说的话，但他基本上能确定，那些新石器时代的
女士冲他嚷嚷的话中缺乏女士们应有的淑雅。不过他一直都没吭声，等
特格迈部族的人到齐之后，他领着众人回到了韦格河畔。在那儿，人们
发现塔菲正在用雏菊编一顶花冠，而特格迈正在用他修好的渔叉小心翼
翼地叉鱼。

"啊，你回来得真快！"塔菲对那个外乡人说，"可是你干吗领来这
么多人呢？亲爱的爸爸，这就是我要叫你吃惊的事。你吃惊吗，爸爸？"

"非常吃惊，"特格迈说，"可这下让我今天就没法捕鱼了。哦，塔菲，
为什么整个可亲可敬、纯朴温和的部族全都来啦？"

他们的确全都来了。走在最前面的是特霞迈和那些新石器时代的女士，她们紧紧抓着那个满头淤泥的外乡人（尽管他是个特瓦拉人）；走在她们身后的是大酋长、小酋长和其他更小的酋长（一个个都全副武装）；他们身后是由各队首领带领的一队队、一排排武士（一个个也都武装到了牙齿）；再后面就是按身份高低排列的部落成员，从拥有四个山洞（一个季节一个）、一个驯鹿饲养场和两段"大马哈鱼跃距"[1]河段的领主，到冬夜有资格分享半张熊皮、可在距火堆六米处烤火、拥有租地内农奴的使用权并在交"租地继承税"[2]的前提下可享受返还的一块动物髓骨的佃农（这些字眼很新鲜吧，我亲爱的孩子？）。这些人昂首阔步，高声呐喊，把河上二十里路以内的鲤鱼全都吓呆了，于是特格迈用优雅的新石器时代语言向他们表示感谢。

这时特霞迈冲到塔菲跟前，把她紧紧地搂在怀里亲吻；但特格迈部落的大酋长却一把抓住特格迈的羽毛头饰，狠狠地摇晃他的头。

"把事情讲讲清楚！讲讲清楚！"整个部落的人齐声喊道。

"看在老天爷分上，请松开手吧！"特格迈又气又急地对大酋长说，"难道一个人弄坏了自己的渔叉，也非得叫整个部落来惩罚他不成？你们可真是爱管闲事。"

"我想你们根本没送来我爸爸的黑杆渔叉，"塔菲说，"你们围住我这位好心的外乡人干什么呀？"

人们还在三五成群地打那个外乡人，而外乡人此时眼珠直转，一边喘着气一边指着塔菲。

这时特霞迈问特格迈："我亲爱的，那些用长矛扎你的坏家伙上哪儿去啦？"

---

1. 这当然是作者为他"亲爱的孩子"找到的新鲜的长度单位。

2. 租地继承税，指依据英国封建时代法律规定，佃农死时向领主交纳的钱款或实物。

"这儿没来过什么坏家伙，"特格迈说，"我今日上午唯一的客人就是你们正准备要勒死的那个可怜人。啊，特格迈部落父老兄弟，你们到底是好人还是坏人？"

这时大酋长说："他送来一幅可怕的图画，上面画的是你浑身都扎满了长矛。"

"噢……嗯……这事最好还是我来解释一下，"塔菲有点儿忐忑不安地说，"那幅画是我给他的。"

"你！"特格迈部落异口同声地说，"原来是你！你这个不懂礼貌、该打屁股的小孩？"

"塔菲宝贝儿，恐怕咱们是遇上点麻烦了。"她爸爸一边说一边把她搂进怀中，以此安慰她不用担心。

"说说清楚！说说清楚！到底怎么回事？"特格迈部落的大酋长一边说一边用单脚直跳。

"我想让这个外乡人去为我爸爸取渔叉，所以我就画了这幅图画，"塔菲开始解释说，"我画的不是很多长矛，而是一把渔叉，我画了三次才把它画好。我画的渔叉好像扎进了爸爸的头，那也是没有办法，因为这块桦树皮上没地方画了。妈妈说的那些坏家伙是我画的河狸，我画河狸是要说明过泥沼的路。我画妈妈高高兴兴地站在洞口，因为他是个挺好的外乡人，所以我认为你们是天底下最傻的傻瓜。他是个很好很好的好人。你们干吗要把淤泥涂在他的头发上呢？快去给他洗干净吧！"

听完塔菲的解释，好一阵子都没人吭声。最后酋长笑了起来，外乡人（他至少还是个特瓦拉人）也跟着放声大笑，然后特格迈笑得跌倒在了河边，部落的其他人更是笑得前仰后合。唯一没笑的就是特霞迈和那些新石器时代的女士。那些女士对丈夫都非常温顺，后来时不时地会被叫一声"傻女人"。

过了一会儿，大酋长突然高声连说带唱道："你这个不懂礼貌、该打屁股的小孩哟，你已经完成了一项伟大的发明！"

"我可没想要发明什么，我只是想取来爸爸的黑杆渔叉。"塔菲说。

"那没关系。这可是一项伟大的发明，总有一天人们会管它叫写信。当然，现在还只是图画，图画嘛，就像我今天看到的，并非总是能被人完全看懂。不过，特格迈的小女儿，总有一天，我们会造出字母，造出全部的 26 个字母，到那个时候，我们将既会识字又会写字，我们将可以清清楚楚、不出差错地表达自己的意思。现在，让新石器时代的女士们去把外乡人头发上的淤泥洗掉吧。"

这是很久以前远古时代的人在一截象牙上刻的关于塔菲的那个故事。你要是读过这个故事，或是听爸爸妈妈给你讲过这个故事，你就会明白象牙上的图画讲的是什么了。这段象牙本来是特格迈部落一个旧喇叭的构成部分。图画是用兽爪之类的东西刻的，刻痕用黑蜡填充，但填充那些分隔画面的线条和画面下方那五个小圆圈用的是红蜡。这幅图最初被刻好的时候，象牙的一端曾罩有一个用珍珠、贝壳和宝石结成的网状物，但如今那件宝贝早已损坏并遗失，只剩下你可以在画面最下方看见的那一小片。象牙两边的字母是具有魔力的神奇的卢恩文[1]，要是你能读懂这些文字，你会发现一些非常新奇的东西。这截象牙早已发黄，而且满是刮擦过的痕迹。它的直径和长度都是两英尺，重量是 11 磅 9 盎司。

---

1. 卢恩文，又称如尼文，一种已灭绝的古代北欧文字，古代欧洲僧侣曾将其视为与神明沟通的工具。

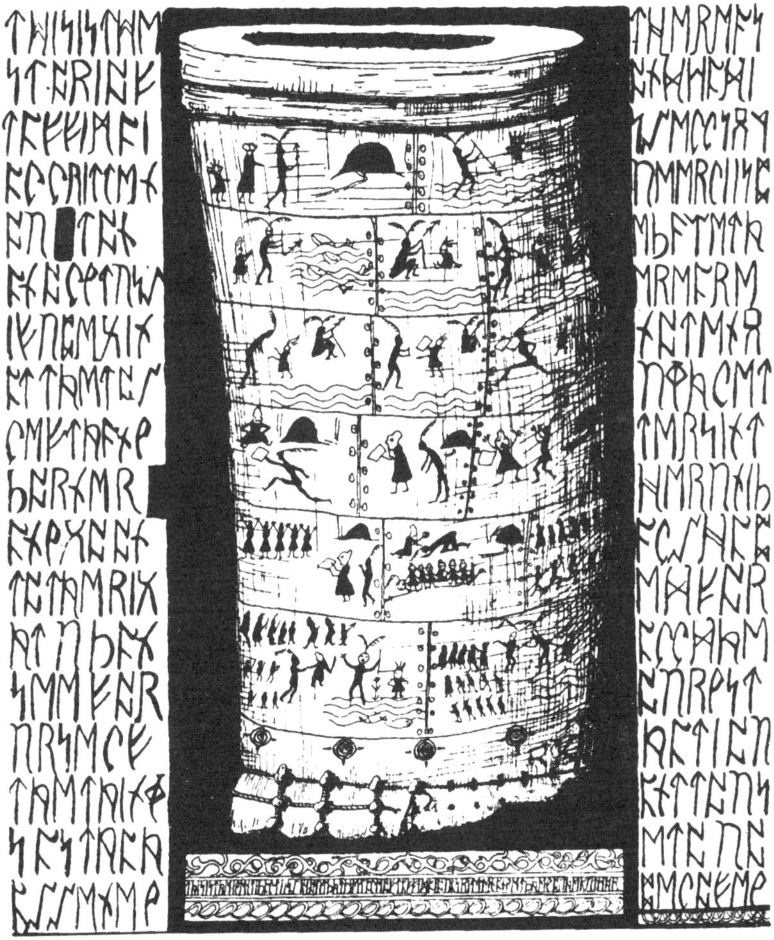

"要是那样我会非常高兴，"塔菲说，"因为，尽管你们把特格迈部落里所有的渔叉长矛都带来了，但偏偏忘了带我爸爸那柄黑杆渔叉。"

于是大酋长又连唱带说道，"亲爱的塔菲哟，下次再写这种图画信的时候，你最好叫一个能说我们部落语言的人来送信，以便他解释你信上都说了些什么。当然，我自己倒不在乎，因为我是大酋长，可是对特格迈部落其他人就很糟糕了，而且你也看到了，连那个外乡人也吃了一惊。"

后来他们让那个外乡人（一个从特瓦尔来的真正的特瓦拉人）加入了特格迈部落，因为他是一位绅士，对新石器时代的女士往他头发上涂淤泥一事也没有大惊小怪。可是，从那之后直到今天（我想这都是小塔菲的过错），很少有小姑娘喜欢读书写字。她们大多都更喜欢画画，而且像塔菲一样，总爱跟着爸爸到处去玩。

◆ ◆ ◆

梅洛丘旁蜿蜒着一条古道——
　　如今车辙足迹都没于荒草，
古道距吉尔福德[1]一小时路程，
　　路旁有韦河[2]河水滔滔。

古代不列颠人曾在此生活，
　　每当听见马铃声阵阵喧嚣，
他们便列队骑马来路边观看

---

1. 吉尔福德，英国南部小城，属萨里郡，位于伦敦西南方向45公里处。
2. 韦河，英格兰南部河流，全长约60公里，由西向东流经汉普郡和萨里郡，在彻特西镇东南方3公里处注入泰晤士河。

腓尼基人 [1] 的马帮路过此道。

他们就在这儿或附近相遇，

　　就各自的风俗拉话闲聊——

用惠特比黑玉 [2] 交换珠子，

　　或用锡罐交换鲜艳的贝帽。

但早在那个时期很久以前，

　　当野牛还在这儿漫游吃草，

塔菲和他爸爸就来到这里，

　　在山丘上安家，为生活辛劳。

然后河狸也来宽石溪筑穴，

　　把布兰里村那地方弄成泥沼；

棕熊也常常从舍尔来看塔菲，

　　舍尔就是山里村所在的山坳。

被塔菲叫作韦格河的韦河

　　那时候可比今天宽阔浩渺；

特格迈和塔菲的那个部落

　　当时就在河边把伟业铸造！

---

1. 腓尼基人，生活在今天地中海东岸黎巴嫩和叙利亚沿海一带的古代民族。

2. 黑玉，又称煤玉、煤精，是一种高级煤，可用于制作工艺品，英格兰北约克郡的惠特比附近海岸是黑玉的主要产地，惠特比黑玉制作的珠宝首饰世界闻名。中国也产黑玉，主要产地是辽宁抚顺。

字母表是怎样造出来的

虽说塔菲迈·美塔鲁迈（我们还是叫她塔菲好了，我亲爱的孩子），虽说塔菲为了爸爸的渔叉和那个外乡人一道弄出了"图画信"那个小差错，但一个星期之后，她又跟着爸爸去捕鱼了。她妈妈本来想把她留在家里，帮忙把兽皮挂在她家洞外的晒杆上晾晒，但她一大早就跟在爸爸身后溜了出去。父女俩叉了一会儿鱼，塔菲突然"哧哧"地笑了起来。她爸爸呵斥道："别犯傻，孩子！"

"可那天的事不好笑么？"塔菲说，"你难道忘了大酋长鼓起腮帮、喘着粗气的样子？难道忘了那个外乡人满头淤泥的滑稽样？"

"我记得非常清楚，"特格迈说，"就因为我们把他弄成那副模样，我还不得不给了他两张鹿皮，那可是两张镶有饰边的软鹿皮。"

"我们又没有对他做过什么，"塔菲说，"都怪妈妈和另外几个新石器时代的女士——还要怪淤泥。"

"咱们别提那事了，"她爸爸说，"让我们来吃午饭吧。"

塔菲午餐时啃了一大根髓骨，午餐后她像小耗子一样安安静静地坐了十分钟，看爸爸用一颗鲨鱼齿在桦树皮上刻刻画画。然后她突然对爸爸说："爸爸，我想出了一个惊人的秘密。你快发出个声音吧——什么声音都行。"

"A（啊）！"特格迈"啊"了一声，"这行吗？"

"行，"塔菲说，"你看上去就像一条大张着嘴巴的鲤鱼。请再来一遍。"

"啊！啊！啊！"她爸爸一连"啊"了三声。然后说："你可别捉弄爸爸啊，我的女儿。"

"我不是要捉弄爸爸，的的确确不是，"塔菲解释说，"这是我惊人秘密的一个部分。请再'啊'一声，爸爸，啊完后把嘴张着。对啦，把鲨鱼齿借我用用，我要画一个张着的鲤鱼嘴巴。"

"画鲤鱼嘴巴干吗？"她爸爸问。

"你难道不明白？"塔菲边说边在桦树皮上刻画，"这将成为咱俩惊人的小秘密。当我在咱家山洞后壁的熏烟上画一个张开的鲤鱼嘴巴（如果妈妈不介意的话），那就会让你想起'啊'这个声音，这样我们就可以假想是我从暗处跳出来，'啊'的一声把你吓了一跳，就像冬天我在河狸泥沼吓了你一跳那样。"

"真的吗？"她爸爸用成年人认真办事时常用的声调说，"说下去，塔菲。"

"呃，讨厌！我不可能画出整条鲤鱼，只能画出一个代表鲤鱼嘴巴的东西。爸爸，你难道不知道鲤鱼是怎样头朝下扎到泥里的吗？好啦，这就算是一条鲤鱼吧（我们可以想象它的其他部分也画出来了）。这只是它的嘴巴，代表'啊'这个声音。"塔菲把鲤鱼嘴巴画成这样。（图1）

"画得不错，"爸爸一边说也一边自个儿在

桦树皮上刻画，"但你忘了画鲤鱼嘴上的触须。"

"可是我不会画触须，爸爸。"

"你用不着再画什么，只消在它张开的嘴上横着画上一笔就行了。这样我们就知道那是鲤鱼，因为鲈鱼和鲑鱼都没有触须。看这儿，塔菲。"说着他添上了一笔。（图2）

"现在我来照着画一遍，"塔菲说，"看我重画的这个，你能明白是什么意思吗？"说着她把重画的图给爸爸看。（图3）

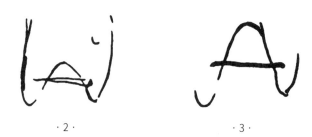

·2·　　　　　　　　　　　·3·

"当然明白，"她爸爸回答说，"现在不管在哪儿，我看见它就会被吓一跳，就好像你从大树后跳出来对我'啊'了一声。"

"现在你再发一个声音。"塔菲得意扬扬地说。

"Ya（呀）！"她爸爸响亮地"呀"了一声。

"哼，"塔菲说，"这是个合成的声音。后一半是鲤鱼嘴巴表示的'啊'音，可前一半声音用什么来表示呢？衣——啊——衣啊——呀！"

"这很像鲤鱼嘴巴表示的那个声音。那我们画出鲤鱼的另一个部分，再把它同嘴巴合在一起。"她爸爸说，现在他也开始激动了。

"不！如果合在一起，那我会记不住的。还是分开画好。就画鱼尾巴。鲤鱼要是头朝下，先看到的就是尾巴。再说了，我认为鱼尾巴很好画。"塔菲说。

"好主意，"特格迈说，"这就是代表Y（衣）这个声音的鱼尾巴。"他边说边画出了鲤鱼尾巴。（图4）

"现在让我来试试，"塔菲说，"记住啊，爸爸，我可没你画得好。我只画尾巴分叉的部分行吗？下边这条竖线连接的就是分叉的位置。"塔菲说完也画完了。（图5）

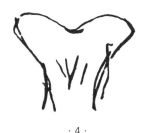
·4·

·5·

她爸爸一看连连点头，激动得两眼闪闪发光。

"太漂亮了！"塔菲夸奖说，"好，现在你再发一个声音，爸爸。"

"喔！"她爸爸使劲"喔"了一声。

"这太容易了，"塔菲说，"你嘴巴张得圆圆的就像个鸡蛋，或者说像块石头。所以，鸡蛋或石头都可以代表这个声音。"

"你手边不可能随时都有鸡蛋或石头。我们干脆就画个圆圆的东西来代替吧。"她爸爸说着随手就画了一个圆圈。（图6）

"我的天啦！"塔菲兴奋地说，"我们已画了这么多代表声音的图画——鱼嘴巴、鱼尾巴，还有鸡蛋！爸爸，你再发一个声音吧。"

·6·

"S（嘶）！"她爸爸发这个声音时皱了皱眉头，但塔菲太激动了，没有注意到爸爸的表情。

"这太容易了。"她说着便在树皮上画了起来。

"嗯，什么容易？"她爸爸说，"我刚才发出那声音是表示我在思考，不想被别人打断。"

·7·

"那反正也是种声音。爸爸，那是蛇发出的咝咝声，是它思考问题而不想被人打扰时发出的声音。我们就把S（咝）这个声音画成一条蛇，可以吗？"她说着便画了出来。（图7）

"你看，"她说，"这又是一个惊人的秘密。如果你在你修渔叉时待的那个后洞门上画一条咝咝叫的蛇，我就会知道你正在认真思考，进门时就会把脚步放得很轻很轻。而要是你在捕鱼时把蛇画在河边的树上，我就会知道你是要我轻轻走路，别在岸上弄出响动。"

"一点儿不错，"特格迈激动地说，"这场游戏比你所想象的更重要。塔菲哟，我亲爱的塔菲。我有一种感觉，爸爸的宝贝女儿正在做一件意义非凡的事，一件自特格迈部落用鲨鱼齿代替燧石作渔叉尖以来最伟大的事。我相信，我们已经发现了这个世界的巨大秘密。"

"噢，怎么会呢？"塔菲的眼中也闪出激动的光芒。

"我来给你讲讲，"爸爸说，"在特格迈语中，'水'怎么说来着？"

"当然是说 Ya（呀），这个声音还表示河，比如'韦格 Ya'就是韦格河。"

·8·

"你喝了就会生病发烧的脏水怎么说——脏水——沼泽地的水？"

"当然是说 Yo（哟）了。"

"好，现在你看，"特格迈对女儿说，"假如你在河狸泥沼的一个水塘边看见这个符

号，该怎么做呢？"他画出了这个符号。（图 8）

"鲤鱼尾巴加圆鸡蛋，"塔菲看着图说，"两个声音合在一起！ Yo（哟）——脏水。我当然不会喝了，因为我知道你在说那水很脏。"

"可我根本不需要走近水塘。我也许是在很远的地方打猎，但是……"

"但是就和你在水塘边一样，就像你站在那里说：'走开，塔菲，不然你会生病的。'你说的话都在一条鲤鱼尾巴和一个圆鸡蛋上！哦，爸爸，我们得回去告诉妈妈，快走！"塔菲说完就围着爸爸跳起舞来。

"现在别急，"特格迈说，"等我们多想出一些再告诉她。Yo 是脏水，但 So（梭）却是用火煮熟的食物，不是吗？"于是他画出了表示 So 的符号。（图 9）

·9·

"对，蛇和鸡蛋，"塔菲说，"意思就是饭做好了。这下你只要看见树上画着 So 这个符号，你就知道该回家吃饭了。我也一样。"

"是呀！"塔格迈说，"真是这么回事。但等一下。我发现个问题。So（梭）的意思是'回家吃饭'，但 Sho（说）的意思却是我们晒兽皮的晒杆。"

"讨厌的晒杆！"塔菲说，"我最恨帮妈妈晒那些沉甸甸、热烘烘、毛茸茸的兽皮了。唉，要是看见你画的蛇加鸡蛋，我以为那是叫我回家吃饭哩，等我从树林里跑回家，却发现原来是要我帮妈妈晒兽皮，那我该咋办呢？"

"那你会使阵性子。而你妈妈也会生气。我们得为 Sho（说）这个音画个新的符号。我们必须画条 Sh—Sh—Sh（诗、诗、诗）出声的花斑蛇，而且假定没有斑点的蛇只能发 S—S—S（咝、咝、咝）的声音。"

"我不太确定该怎样画斑点，"塔菲说，"而且，你画得太急的时候也说不定会忘了画斑点，那我就有可能把 Sho（说）看成 So（梭），这样妈

·10·

妈照样会抓住我。不能画花斑蛇！我看最好还是画那讨厌的晒杆本身，这样意思就清楚了。我就把晒杆画在蛇后面。你看！就这个样。"（图10）

"这样画也许最清楚。至少我一眼就认出这就是我们家的晒杆。"她爸爸笑着说，"现在我就用蛇加晒杆来表示一种新的声音符号，那就是 Shi（诗），在咱们特格迈语中，Shi（诗）意思就是渔叉。"说完他又笑了。

"爸爸别取笑我了，"塔菲一听渔叉就想起了那封图画信和那个满头淤泥的外乡人，"你画吧，爸爸。"

·11·

"这次我们就不画什么河狸和小山了，嗯？"她爸爸用调侃的腔调说，"我只画一条竖线来代表我的渔叉。"他说完就画好了。（图11）

"这下连你妈妈也不会误以为我被人杀死了。"

"别逗我啦，爸爸。这真叫我好不害臊。你再发几种声音，我们干得可真够漂亮。"

"嗯——啊！"特格迈抬头望着天说，"我说 Shu（梳），意思就是天。"

塔菲画出了蛇和晒杆，然后她停下来问："我们得画个新符号来代表这个音的后半部分，是吧？"

"Shu—Shu—Shu（梳、梳、梳），"她爸爸发完音说，"这就像发那个圆鸡蛋音时嘴巴张得小一点。"

"那我们就画个扁圆形的鸡蛋，假想它是只好久没吃东西、饿扁了肚子的青蛙。"

"不，不行，"她爸爸说，"要是画得匆忙一点，我们说不定会把扁鸡蛋和圆鸡蛋弄混。Shu—Shu—Shu！好了，我告诉你我们该怎么做。我们就在圆鸡蛋顶端开个口子，表示发这个音时嘴巴张得比发 O 音时小。就像这样。"于是他画了个顶端开口的鸡蛋。（图 12）

· 12 ·

"啊，太好了！比一只瘦青蛙强多了。继续画吧！"塔菲挥舞着手中的鲨鱼齿说。

她爸爸继续画了起来，由于激动，他的手有点发抖，但他画出了这个符号。（图 13）

· 13 ·

"别抬头，塔菲，"她爸爸指着他刚画完的符号说，"你试试看能不能看出这在特格迈语中是什么意思。要是你能看出的话，那我们就真发现了那个秘密了。"

"蛇——晒杆——破鸡蛋——鲤鱼尾巴——鲤鱼嘴巴，"塔菲一边辨认一边用特格迈语读出声音，"Shu-ya（梳—呀），就是天上的水（雨）。"塔菲话音未落，一滴水珠刚好落在她脸上，因为这时天上已积满了乌云，"啊，爸爸，下雨了。这就是你想告诉我的吗？"

"正是，"她爸爸说，"而我一个字也没说就把这件事告诉你了，不是吗？"

"对，我觉得我本来也一下就明白了你的意思，但这滴雨使我更加肯定了。这下我会永远记住Shu-ya（梳—呀）的意思就是'雨'或'天要下雨'。啊，爸爸！"塔菲说着站起身来，一边围着爸爸转圈跳舞一边继续说，"这下要是你出门时我还没醒，你就可以在洞壁的熏烟上画个Shu-ya，我起床后就知道天要下雨，就会戴上我的河狸皮雨帽。妈妈一看难道不会大吃一惊？"

特格迈也站起身来陪女儿跳舞（那时候当爸爸的可不介意和女儿一起跳舞），一边跳一边说："还远不止这些！远不止这些呢！如果我想告诉你雨不会下大，你必须来河边，我们该怎么画呢？你先用特格迈语把这意思说一遍。"

"Shu-ya-las, ya maru（梳—呀—拉斯，呀—马如——雨将停，河边来）！这么多新声音！我真不知道我们该怎么画了。"

"可我知道呀——我知道！"特格迈说，"再坚持一会儿，塔菲，我们今天就把这句话画完。我们已经有了Shu-ya，是不是？不过Las这个音倒是挺难画的。La-La-La！"他一边念叨一边用手中的鲨鱼齿比画。

"Las这个声音的末尾是咝咝叫的蛇（S），蛇前面是鲤鱼嘴巴（A），其实我们只需画出最前面那个声音就行了。"

"这我知道，我们必须画出最前面那个声音，因为我们是世界上最先进行这项发明的人，塔菲。"

"噢，"塔菲边打哈欠边说，因为她已经很困了，"Las（拉斯）的意思是'折断''用完'或'结束'，不是吗？"

"是的，"特格迈说，"Yo-las（哟—拉斯）是说桶里你妈妈做饭用的水用完了——而我这时正要出去打猎。"

"而 Shi-las（诗—拉斯）是说你的渔叉折断了。要是我当初能想到这点，而不给那个外乡人画那幅可笑的图画，这该多好啊！"

"La-La-La！"特格迈挥着木棍皱着眉头使劲念叨，"哦，真难！"

"既然我先前能轻易地画出渔叉（Shi），"塔菲突然说，"那么我现在也能画出你那柄被折断的渔叉——就这样！"她边说边画。（图14）

"就是这样，"特格迈说，"这下就可以画出 Las（拉斯）了。这与我们先前画出的那些符号都不同。"他说着也画了出来。（图15）

· 14 ·　　　　　　　　　　· 15 ·

"现在画 Ya（呀）。哦，这个音我们已画过了。那现在应该接着画 Maru。Mu-Mu-Mu（木—木—木），发这个音先得把嘴唇闭上，那我就画片嘴唇来代表这个音。"他画了片嘴唇。（图16）

· 16 ·

"这嘴唇后接上鲤鱼嘴巴就成了 Ma（马）。Ma-Ma！可是 ru（如）前半部分这个音该怎么画呢，塔菲？"

"这个声音又粗又尖，听起来有点刺耳，就像你造独木舟时用鲨鱼齿锯木板的声音。"塔菲说。

"你是说像鲨鱼齿锋，这个样子？"特格迈说着画了排鲨鱼齿。（图17）

"一点儿没错，"塔菲说，"但我们用

· 17 ·

· 18 ·

不着画这么多牙齿，只画两颗就够了。"

"那我就只画一颗，"特格迈说，"如果这场游戏的结果真像我所想的那样，那我们把声音符号画得越简单，对别人来说就越是易懂易学。"说完他画了一颗鲨鱼齿。（图18）

"现在这句话里所有的声音都有符号了。"特格迈单腿独立着说，"我现在要把它们画成一排，就像一串鱼那样。"

"爸爸，我们最好在符号与符号之间画根小木棍什么的，别让它们像一串鱼那样挤作一团，那不更好吗？"

"噢，我会在它们之间留出点空白。"她爸爸非常激动，随之就在一大块新的桦树皮上一口气画了下边这句话。（图19）

· 19 ·

"Shu-ya-las，ya-maru（雨将停，河边来）。"塔菲一声一声地读完了这句话。

"好啦，塔菲，我们今天已画得够多了，"特格迈说，"再说你也困了。不过别担心，我亲爱的，我们明天就可以画完所有的声音符号，我们将因此而被世人永远铭记，直到你眼前这些最大的树全都被劈柴烧了很久很久以后。"

于是他们回了家。整个晚上，父女俩各自坐在火塘的一侧，在洞壁的熏烟上画出 Ya、Yo、Shu、Shi 等声音图案，并且不时哈哈大笑，直到塔菲的妈妈说："说实在的，特格迈，你还不如我的小塔菲强呢。"

"请你别生爸爸的气，亲爱的妈妈，"塔菲说，"这只是我和爸爸的一个秘密，一个惊人的秘密。我们一弄完就马上告诉你，但之前请不要问我是什么秘密，不然我真忍不住要告诉你了。"

于是她妈妈小心翼翼地忍住没有追问。第二天天气晴朗，特格迈一大早就去了河边，继续思考新的声音图画。塔菲起床后来到洞外，看见盛水的大石缸侧边用白垩画有 Ya-las（水结束或水用完）的图样。

"唉，"塔菲叹了口气说，"这些声音图画真烦人！这简直就像爸爸来到我跟前，亲口叫我去取水回来让妈妈做饭一样。她随即拎着桦树皮桶，从山洞后的清泉提水灌满了石缸。然后她跑到河边，扯了扯爸爸的左耳朵（当她乖巧听话时，她就可以扯爸爸的这只耳朵）。

"我们接着干吧，"爸爸对塔菲说，"今天我们要把剩下的声音符号全都画出来。"父女俩在河边度过了非常激动的一天，中午美美地吃了一顿，午餐后还兴致勃勃地玩了会儿游戏。当他们要画 T（特）这个音时，塔菲说她和爸爸妈妈的名字都是这个音开头，所以，他们应该画全家人手拉手的图画来代表这个音。开始一两遍他们画得很逼真，但画到六七遍时父女俩都越画越潦草，到最后，代表 T 这个音的符号就只剩下瘦高的特格迈和他伸出去拉塔菲和她妈妈的两条胳膊了。你可以从下面这三幅图大致了解这一过程。（图20、21、22）

·20· ·21· ·22·

其他许多声音符号他们开始时都画得很漂亮，尤其是午餐前画的那些，但随着他们在桦树皮上一遍又一遍重画，这些符号也变得越来越简单，越来越容易画，最后连特格迈也说他再也挑不出什么毛病了。他们把S（发咝咝声的蛇）变了个方向就代表Z这个音，表示蛇回头发出轻柔的咝咝声（图23）；他们只用了一条曲线来表示E，因为这个音在其他符号中出现的次数太多（图24）；他们把特格迈部落崇拜的河狸演化成了代表B音的符号（图25、26、27、28）；因为N这个音是个粗重的鼻

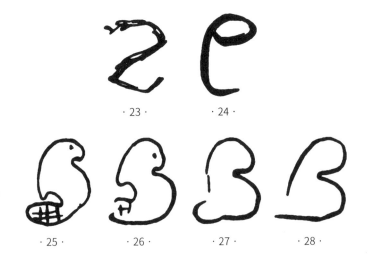

· 23 ·   · 24 ·

· 25 ·   · 26 ·   · 27 ·   · 28 ·

音，他俩就不停地画鼻子，直到画得手软（图29）；他们画狗鱼的嘴巴代表G这个浊辅音（图30）；然后在狗鱼嘴后面加一根渔叉代表K这个清辅音（图31）；他们画了一小段弯曲的韦格河代表好听的W这个音（图32、33）；就这样依此类推，他们画出了他们想要画的所有声音符号，这就是最初的字母表。

过了好几千年好几千年以后，象形文字、古埃及通俗文字、尼罗河文字、线性文字、古阿拉伯文字、卢恩文字、多立斯文字、爱奥尼亚文

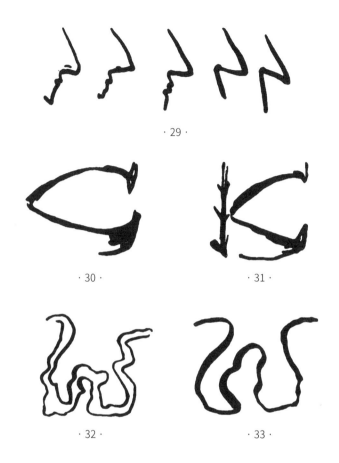

· 29 ·

· 30 ·　　　　· 31 ·

· 32 ·　　　　· 33 ·

字，以及许许多多古代文字都已湮没（因为古代那些皇帝、法老、术士、巫医都不懂得珍惜珍贵的事物），而古老而优雅、简单而易懂的 ABCDE 字母表却依然完整如初，演变成了今天所有可爱的孩子们学习的工具。

　　但我还记得塔菲，记得她亲爱的爸爸特格迈和她亲爱的妈妈特霞迈，记得所有那些已失去的日子。而韦格河畔那些久远的故事，好像——就好像——发生在不久以前。

◆ ◆ ◆

特格迈部落建在河边的伟业
　　如今早已随河水滚滚东流，
只剩下打破寂静的布谷啼鸣，
　　只剩下阳光还照在梅洛山丘。

但随着守信的岁月回归，
　　痊愈的心也重新啼鸣啁啾，
塔菲翩翩然踏草丛而来，
　　让萨里郡的春天又展歌喉。

她头顶上戴着蕨草花环，
　　她卷曲的金发随风飘舞；
她那双眼睛明亮如钻石，
　　比头顶的蓝天还晶莹剔透。

她穿着鹿皮做的鞋和外衣，
　　跑得那么无畏、优雅而自由；
她用湿木棍燃起烟火，
　　告诉爸爸她现在何处飘游。

唉，太遥远，距离太遥远，
　　她呼唤爸爸的声音难以穿透，

要找到心爱的女儿塔菲，

特格迈一直在孤独地漫游。[1]

---

1. 这首歌谣寄托了作者吉卜林对他夭折的女儿约瑟芬的哀思（参见译本序）。

特格迈和女儿塔菲一道造出字母表之后，他所做的第一件事就是做一条魔法项链，把所有那些字母都刻在项链上，以便将其放进特格迈部落的神庙永远珍藏。整个特格迈部落送来了他们最珍贵的珠子和其他最漂亮的东西，塔菲和特格迈花了整整五年时间才把项链做好。这就是那串魔法项链的图画。穿项链用的是那种最细又最有韧劲儿的驯鹿筋，鹿筋上还缠了细铜丝。

上面第一颗珠子是颗古老的银珠，银珠原来属于特格迈部落的大祭司。然后是三颗黑色的贻贝珠。然后是一颗陶珠（灰蓝色）。然后是一颗表面粗糙的金珠，那是一个部落送的礼物，那个部落是从非洲弄到的这颗珠子（但珠子实际上肯定产于印度）。然后是一颗长形平头的玻璃珠，珠子来自非洲（是特格迈部落在一次战斗中的战利品）。接下来又是两颗陶珠（都是白底），一颗表面有绿点，另一颗有绿点和绿圈。然后是三颗有点儿破损的玛瑙珠。接下来又是三颗陶珠（两红一白，红珠上有黑点，中间那颗大白珠上有齿形图案）。然后开始字母，每两个字母之间有一颗灰白色的小陶珠，陶珠上重复刻有相邻的那个字母，但刻得更小些。下面就是这些字母：

　　A　被刻在一颗牙上——我想是一颗麋鹿的长牙。

　　B　是特格迈部落神圣的河狸，镶在一小块古老的象牙上。

　　C　是一个珍珠牡蛎壳的内侧。

　　D　肯定是一种贻贝壳——外侧。

　　E　是卷曲成这个字母形状的一根银丝。

　　F　破碎了，但残存部分是一小段牡鹿角。

　　G　用黑色画在一块木头上。（G 后面是一个小贝壳，而不是一颗陶珠。我不明白他们为什么这样做。）

　　H　是一个硕大的棕色宝贝[1]。

　　I　是一个用手工打磨过的长形壳的里层部分（特格迈花了 3 个月时间来打磨）。

　　J　是从珍珠母中取出的一个渔钩。

　　L　是一截折断的银矛（本来 J 后面应该是 K，但这条项链断过一次，他们修的时候给弄错了顺序）。

　　K　是一根用黑色颜料擦刮过的细长的骨头。

　　M　刻在一个浅灰色的贝壳上。

---

1. 这里的"宝贝"指从前非洲有些部落用作货币的那种贝壳。

刻有字母表的魔法项链

N　是一块那种被叫作斑岩的石头，上面刻了一个鼻子。（特格迈花了5个月来磨光它。）

O　是一块中间有空洞的牡蛎壳。

P和Q不见了。这两个字母在很久以前的一场大战中给弄丢了。部落的人用烘干的响尾蛇尾部修复项链时，谁也没找到P和Q。这就是人们总爱说"你得当心你的P和Q"[1]的原因。

R　一看就知道是颗鲨鱼牙齿。

S　是条小银蛇。

T　是一根小骨头的末端，被磨成了光亮的褐色。

U　又是一片牡蛎壳。

W　是一片扭曲的珍珠母。这片珍珠母是他们在一个很大的珍珠母壳中发现的，他们将珍珠母壳浸入沙和水中，然后用一根铁丝把珍珠母锯下。塔菲用了一个半月把它磨光并钻出那些孔。

X　是一根细细的银棍，中间穿了粒绿色的石榴石（石榴石是塔菲找到的）。

Y　是刻在象牙上的鲤鱼尾巴。

Z　是块刻有Z形条纹的钟形玛瑙。他们挑衅地较软的玛瑙浸在红沙和蜂蜡中反复摩擦，结果擦出了那几个连在一起的Z字。你还可以看到，钟口那粒陶珠也在重复Z。

以上便是全部字母。

挨着Z的是一小块绿色的圆形铜矿石。然后是一块没雕琢过的绿宝石。然后是一块粗糙的块金（就是人们叫作水金的那种）。然后是一颗西瓜形的陶珠（白底上有绿点）。然后是4块矩形象牙，上面的圆点使它们颇像多米诺骨牌。然后是3颗打磨得很粗糙的石块。然后是两颗边缘有锈孔的软铁珠（铁珠肯定有魔力，因为它们看上去非常普通）。最后是一颗非常非常古老、看上去像是五彩玻璃球的非洲珠子，上面有蓝色、红色、白色、黑色和黄色。然后就是可与项链另一头的银纽扣相连的那个环。这就是那根项链的全部。

我临摹这串项链时非常小心。项链重1磅7.5盎司。我画出项链下边的黑色底衬只是为了使项链显得更好看。

---

1. 这句话的原文是"You must mind your P's. and Q's."其意思是"请注意你的言行举止"。其实这种说法从十七世纪才开始流行，其来源也有很多种故事，比如有人说是因为小学生老爱把小写的p和q写反方向，所以老师经常提醒说"当心你的p和q"。

关于禁忌的故事

关于特格迈和他心爱的女儿塔菲迈，最最重要的故事也许就是特格迈的禁忌了，那是走路不慌不忙的人[1]都会有的禁忌。仔细听好了，而且要记住，我亲爱的孩子，因为我们都知道什么是禁忌，你我都知道。

有次塔菲迈（不过你可以还叫她塔菲）跟爸爸去树林里打猎，一路上都没有保持安静，因为她喜欢闹腾，毫无禁忌。她在枯叶上跳舞，她可是真跳。她随手折断枯枝，她可是真折。她滑下河岸斜坡，她可是真滑。她跳进石坑沙坑，她可是真跳。她溅着水花过沼泽湿地，她可是真溅。反正她总是弄出些可怕的响动。结果他们想猎取的所有动物——什么獾呀、鹿呀、松鼠呀、河狸呀、水獭呀，还有野兔呀——全都四下逃散了，因为它们知道塔菲和她爸爸来了。

这时塔菲对爸爸说："对不起，亲爱的爸爸，我非常抱歉。"

---

1. 还记得特格迈这个名字的意思是"走路不慌不忙的人"吗？如果你忘了，就请把《第一封信是怎样写成的》那个故事再读一遍。

特格迈回答说："抱歉有什么用呢？松鼠已经跑了。河狸已经溜了。鹿已经逃走了。野兔也都藏起来了。你真该挨揍，哦，特格迈的女儿，如果我不是碰巧这样爱你，我可就真揍了。"刚说到这儿，他看见一只松鼠正盘在一棵白蜡树旁边梳理皮毛。"嘘！塔菲，要是你保持安静，那就是咱们的午餐了。"

"午餐！在哪儿？在哪儿？指给我看看！指给我看呀！"塔菲嚷嚷着悄声问爸爸。她那种高声大气的悄悄话足以惊跑一头牛。而且她还兴致勃勃地在蕨丛间东蹦西跳，结果那只松鼠摇了摇尾巴，撒腿就跑，头也不回地一溜烟跑进苏塞克斯郡中部的密林中去了。

特格迈这下可真生气了。他停下脚步，心想是否应该教训教训塔菲。严厉地斥责她一番？狠狠地敲打她一顿？或割掉她的头发？或晚上睡觉前不给她亲吻？他正在想哪种办法更好，这时头上插着鹰翎的部落酋长穿过树林来了。

他是特格迈部落拥有各种巫术的大酋长，同时也是塔菲的好朋友。

他问特格迈："嘿，你怎么了？你这个最不慌不忙的人，看上去很生气呀。"

"我是很生气。"特格迈回答。接着他就向大酋长历数塔菲的不是，说她在树林里不能保持安静，说她吓跑猎物的方式，说她奔跑时不当心脚下，结果陷进了沼泽，说她爬树时不抱紧树干，结果摔了下来，还说她从水塘上来时两腿沾满了绿油油的浮萍，而且把浮萍带回山洞抖落在了家里。大酋长一边听一边摇头，直摇得他头顶上的鹰翎和额头上那串贝壳簌簌咔咔地作响。"好啦，好啦！"最后大酋长说，"这事我们以后再说吧。哦，对啦，特格迈，我要给你说件重要的事。"

"说吧，大酋长。"特格迈说，然后他俩彬彬有礼地坐了下来。

"请注意听我说，特格迈，"大酋长开始说道，"我们部落在韦格河捕鱼已经很久很久了，而且捕了那么多，捕得太多。结果呢，现在河中不仅没有大鱼，甚至连小鱼也在纷纷游走。我想颁布一条部落最严厉的禁忌令，六个月内禁止任何人下河捕鱼。你看怎么样？"

"这计划好呀，尊敬的大酋长，"特格迈说，"但要是有人触犯禁忌令，结果会怎么样呢？"

"结果嘛，哦，特格迈，"大酋长回答说，"结果就是我们将用棍棒、荨麻和泥块让犯禁的人明白他们错了。如果这还不足以教训他们的话，我们就用锋利的贝壳在他们背上文出精美的部落图腾。喂，跟我来吧，特格迈，我们将宣布禁止在韦格河捕鱼的部落禁忌令。"

于是他们来到大酋长住的山洞，那里拥有特格迈部落的所有巫术魔法。他们搬出了那根巨大的部落禁忌柱，禁忌柱是木头做的，上部刻有部落图腾河狸和其他动物的形象，下部则刻有部落的全部禁忌标志。

然后他们呜呜呜地吹响了大号牛角，喔喔喔地吹响了中号海螺，咚咚咚地敲响了小号圆鼓。

牛角、海螺和圆鼓声好不热闹。塔菲被允许敲那个小圆鼓，因为她是大酋长的朋友。

当全部落的人都来到大酋长的山洞跟前之后，大酋长站起身来连说带唱道："哦，特格迈部落！韦格河的鱼已经捕捞过度，河中的鱼都吓得要命。从现在起六个月内，禁止任何人捕韦格河的鱼。禁捕区包括河中间，河两岸，所有河心岛和河边泥塘。禁止任何人携带渔叉靠近河边十步之内。这是禁忌令。这是禁忌令。这是一道非常特殊的禁忌令。哦，特格迈部落！禁捕期是这个月，下个月，下下个月，下下下个月，下下下下个月，还有下下下下下个月。现在到河边去，把那根禁忌柱竖起来，以免有任何人假装还不明白。"

于是特格迈部落的人一阵呼喊，很快就在韦格河边竖起了那根禁忌柱。然后他们沿河岸飞奔（一半人在河这边，另一半在河那边），去赶走那些没来开会的小孩，因为他们正在河中捉小龙虾。然后他们都赞扬大酋长和特格迈。

做完这事之后特格迈就回家了，但塔菲却留在了大酋长的山洞，因为他俩是好朋友。当时她非常惊讶。她以前从没见过对任何事下禁忌令，于是她问大酋长："禁忌令到底有什么意义呢？"

大酋长回答说："禁忌令在被人触犯之前毫无意义。哦，特格迈唯一

这幅图画的是塔菲迈那个部落的禁忌柱（图腾柱），就竖立在她和爸爸造字母表的韦格河畔。柱子顶端那个胖乎乎的动物就是特格迈部落神圣的河狸。它是用椴木雕刻的，虽说你看不见钉子，但它是用钉子固定在柱端的，而柱子是用整根木头刻成。河狸身下是四只禽鸟——两只野鸭（其中一只在孵蛋）、一只麻雀，还有一只我叫不上名的鸟。禽鸟下面是一只野兔，野兔下面是一只鼬鼠，鼬鼠下面是一只狐狸或一条野狗（这点我不十分确定），再下面是两条鱼。禁忌柱的另一侧刻有一只水獭、一只獾、一头野牛和一匹野马。固定禁忌柱的绳子上端环绕在那两条鱼下方的位置，这表明部落眼下正在禁渔。如果大酋长想禁止部落的人猎杀野兔或野鸭，绳子上端就会绕系在野兔或野鸭的身上。其余禁猎的禽兽都用这种方法表示。

系绳处下方那两个黑色身影分别代表违犯禁忌令的坏人和遵守禁忌令的好人，上面那个违禁的人长得瘦骨嶙峋，下面那个守法的人则长得丰满圆润。人像是画在柱子上的，绘画的颜料用栎五倍子和捣碎的铁渣混合制成。禁忌柱底端（可惜没有空间把它画出来）有六个铜环，表示那次禁渔期是六个月。你能看到柱子后面的树林中和山岗上都没有人，这是因为那道禁忌令非常严厉，谁也不愿去触犯。

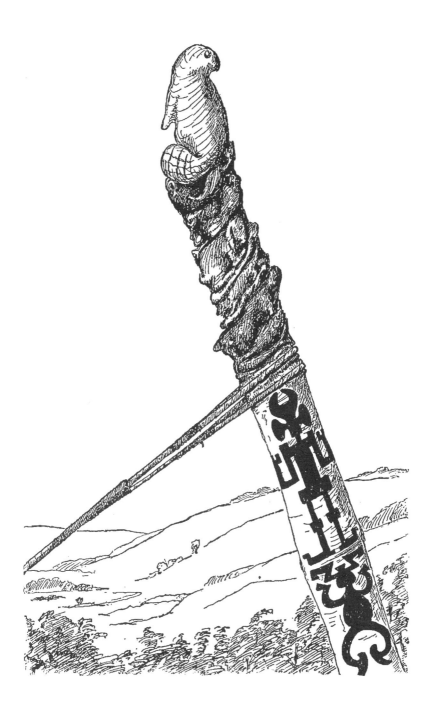

的女儿，但如果你触犯禁忌令，那就意味着被棍棒打，被荨麻抽，还要用锋利的贝壳在你背上文出精美的部落图腾。"

塔菲问："那我可以有一个我自己的禁忌令吗？很小的一个，只是为了好玩。"

于是大酋长说："那我就给你一个你自己的小禁忌令吧，这只是因为你发明了那些象形文字，那些将会变成字母表的象形文字。"（你还记得塔菲和特格迈是怎样发明字母表的吗？这也是塔菲和大酋长成为好朋友的原因。）

他取出一串用小块粉红色珊瑚做的魔法项链（他一共有二十二条魔法项链），然后说："如果你把这根项链放在任何一件属于你的东西上面，别人就不能碰那件东西了，除非你把项链拿开。这只在你家山洞里才会灵验，但要是你把任何东西放在了你不该放的地方，这个禁忌就不灵验了，除非你把那东西放回你该放的地方。"

"真是太感谢你了，"塔菲说，"喏，你认为这对我爸爸会怎么样呢？"

"这我可说不上来，"大酋长说，"他也许会倒在地上喊叫，或许会抽筋，或许只是猛地坐下，或许会悔恨地走上三步，说几句悔恨的话，如果你愿意的话，这时你就可以把他的头发扯三下。"

"那对我妈妈又会怎么样呢？"塔菲问。

"嗯，对当妈妈的来说，那可没什么可禁忌的。"大酋长说。

"为什么没有呢？"

"因为对当妈妈的有什么禁忌，她们就可以禁止做早餐，禁止做晚餐，禁止沏茶，这对部落来说可太糟糕了。所以很久很久以前部落就决定，不准禁止当妈妈的在任何地方做任何事情。"

"嗯，好吧，"塔菲接着问，"你知道我爸爸有什么不许我触犯的禁忌吗？——要是我偶尔触犯了某个禁忌呢？"

"你该不是说，"大酋长惊讶地问，"你爸爸从来不禁止你做任何事吧？"

"从来都不，"塔菲说，"他只说'别！别！'然后就开始生气。"

"啊！我想，他认为你还只是个小姑娘，"大酋长说，"对了，要是你让他知道，你自己就有一个真正的禁忌，那么他要是也严格禁止你做几件事，我就不会感到惊讶了。"

"谢谢，"塔菲说，"可我在山洞外边有个我自己的小花园，要是你不介意，我想请你让这个禁忌项链有这样的魔力——如果我把项链挂在花园前的野玫瑰上，闯进花园的人就再也出不来了，除非他向我道歉。"

"哦，当然，当然，"大酋长说，"你当然可以禁止别人进你的花园。"

"谢谢，"塔菲说，"现在我得回家了，去看这禁忌项链是不是真的灵验。"

她回山洞时已接近吃午饭的时间。当她走到门边时，她亲爱的妈妈特霞迈没像平常那样问她："你去哪儿了，塔菲？"而是说："哦，特格迈的女儿，进来吃饭吧。"仿佛她是在对一个大人说活。那是因为她看见了塔菲脖子上的禁忌项链。

她爸爸正坐在火堆前等着吃饭，他也说了她妈妈那句同样的话。塔菲突然觉得自己非常神气。

她朝四下打量了一下，发现她自己的东西（用水獭皮做的装鲨骨针和鹿筋线的工具袋、用桦树皮做的走泥泞地的鞋、用木棍做的长矛和投枪，还有她的午餐篮子）全都在它们应该放的位置，于是她飞快地取下脖子上的禁忌项链，把它挂在了她平时取水用的小木桶的桶把上。

这时她妈妈突然对她爸爸说："哦，特格迈，你能去取点吃午饭时喝的新鲜水吗？"

"没问题。"她爸爸跳起身来，提起塔菲那个上面有禁忌项链的小木桶。但他马上就倒在地上大声喊叫，然后蜷起身子在洞里打滚，接着站起来又坐下，站起来又坐下，一连重复了好几遍。

"我亲爱的，"特霞迈说，"我看你好像是犯了谁的禁忌了。痛吗？"

"痛死了。"特格迈说。说完他悔恨地走了三步，然后高声呼喊："我犯忌了！我犯忌了！我犯忌了！"

"塔菲，亲爱的，这肯定是你的禁忌，"特霞迈说，"你最好把他的头发扯三下，不然他就得这样一直叫喊到晚上，你知道爸爸一旦开始会怎么收场。"

特格迈弯下腰，塔菲把他的头发扯了三下。他擦了擦脸，然后说："我向部落发誓！塔菲，这是你的一道有力而可怕的禁忌令。你是从哪儿弄到的？"

"是大酋长给我的。他说要是你触犯了它，你就会抽筋，还会跌倒。"塔菲说。

"他说得真对。可他没告诉你什么手势禁令的事，是吧？"

"没有啊，"塔菲说，"他只说要是我让你知道我有一个真正的禁忌，你很可能也会严格禁止我做几件事情。"

"说对了，我最最亲爱的女儿，"特格迈说，"我将给你规定几条会让你吃惊的禁令——荨麻禁令、手势禁令、黑白禁令——有十几条吧。现在你注意看。你明白这是什么意思吗？"

特格迈说着将食指伸在空中像蛇那样扭动。"这道禁忌令是不许你吃饭的时候老是扭来扭去。这是个重要的禁忌令，要是你触犯了，你就会抽筋，就像我刚才那样，否则我就不得不把你全身揍个遍。"

塔菲吃晚饭时一直坐得端端正正。特格迈又举起右手，将五指攥紧。"这是静止禁令，塔菲。任何时候我这样举手，不管你在做什么都得马上停下。如果你在缝纫，你必须停下刚从鹿皮穿过一半的针。如果你在行走，你必须停下脚步。如果你在爬树，你必须停在树枝上。你一直都不能动，直到看见我的手这样。"

特格迈抬起右手，在脸前挥舞了两三下。"这是解禁手势。你看见我的手这样挥，你就可以继续做你先前正在做的事了。"

"你有发禁忌令的项链吗？"塔菲问。

"当然有，这儿有根红黑色的项链，"特格迈说，"不过，当我看见一头鹿或一只野兔，想叫你静止的时候，我怎么能穿过蕨丛把发静止禁令的项链送到你跟前呢？嗨，我曾认为你该是个更好的猎人。对啦，当我向你发出静止禁令时，我完全可以往你头顶上方射出一箭。"

"可我怎么知道你在射什么呢？"塔菲问。

"看我的手，"特格迈说，"你知道鹿在撒腿逃奔前会像这样跳三小步吗？"他用手指在空中挥了三圈，塔菲点了点头。"当你看见我这样挥手，你就知道我们发现了一头鹿。食指轻轻抖动就是说发现一只兔子。"

"知道了。兔子就是那样跑的。"塔菲一边说一边也那样抖了抖食指。

"发现松鼠是慢慢摇晃着把手伸到空中。就像这样。"

"就像松鼠绕着树干上树。我明白了。"塔菲说。

"发现水獭是平滑地把手伸直到空中——像这样。"

"我知道了，就像水獭在水塘里游泳。"塔菲说。

"看见河狸的时候，我的手就像是张开巴掌拍一个人。"

"就像河狸受惊时用尾巴拍打水面。我知道了。"

"这些可不是禁忌令。这些只是信号，告诉你我在猎什么猎物。静止禁令是你必须注意的，因为那是一个严格的禁忌令。"

"我也可以向你发静止禁令，"正在一旁缝鹿皮的特霞迈说，"我也可以发，塔菲，当你又吵又闹，不乖乖上床睡觉的时候。"

"要是我触犯禁令会怎么样呢？"

"除非出什么意外，你不会犯禁的。"

"可要是我犯了呢？"塔菲追问道。

"那你将失去你自己那根禁忌项链。你必须把它还给大酋长，而且你只能被叫作塔菲，不能叫特格迈的女儿。说不定我们还会把你的名字改成塔布迈·斯克鲁玛祖拉——意思是'不能遵守禁忌的坏孩子'——而且我们很可能整整一天一夜都不会吻你。"

"唉！"塔菲说，"我认为禁这禁那的一点儿也不好玩。"

"那好呀，把你的禁忌项链给大酋长送回去吧，去告诉他你想重新做一个不懂事的孩子，哦，特格迈唯一的女儿！"她爸爸说。

"我不，"塔菲说，"多给我讲些关于禁忌的事吧。我能再有些我自己的禁忌令吗？完全属于我个人的，最灵验的那种，能让部落的人抽筋的那种？"

"不行，"她爸爸说，"你还不够大，不可以让部落的人抽筋。你有那条粉红色项链就完全够了。"

"那就多给我讲些关于禁忌的事吧。"塔菲说。

"但我想打个盹儿了，我亲爱的女儿。在太阳落到那道山梁后边去之前，我禁止任何人跟我说话，傍晚时分我们出去，看能不能捕到野兔。去问妈妈关于其他禁忌的事吧。你是个有所禁忌的姑娘了，这真让人感到欣慰，因为从现在起，我就用不着什么事都要反复叮咛你了。"

塔菲安安静静地跟妈妈说话，直到太阳落到爸爸说的那个位置。于是她唤醒爸爸，两人一起准备好打猎用的器具，出了山洞，进了树林。不过在她经过山洞外边她那个小花园时，她取下脖子上的禁忌项链，把它挂在了一丛玫瑰花上。她的花园只是用白色的石头标示出了范围，但她把那丛玫瑰当作花园的门，而这事整个部落都知道。

"你以为你会逮住谁呢？"当时特格迈问她。

　　"等我们回来时再看吧，"塔菲回答，"大酋长说，任何违禁闯进花园的人都只能一直待在里边，除非我放他出来。"父女俩一道穿过树林，踏着一棵倒下的大树过了韦格河，然后爬上了一座只有蕨草而没有树的小山，那儿有很多野兔藏在蕨丛中。

　　"记住啊，你现在可是个有禁忌的姑娘了。"特格迈提醒塔菲。当塔菲不去找野兔而是在蕨丛中蹦跳、还老是提问题的时候，特格迈用手势发出了静止禁令。塔菲一下就停了下来，仿佛她突然间变成了一个石头人。她当时正在系鞋带，所以她悬在鞋上的手也一动不动（我们都知道那种禁忌，是吧，我亲爱的孩子？），只是那双眼睛死死地盯着爸爸，你肯定也会那样盯的，如果静止禁令也把你禁住的话。过了一会儿，特格迈走出一段距离后，他转过身来发出了解禁的手势。这下塔菲轻手轻脚地穿过蕨丛，眼睛始终盯着爸爸。一只野兔在她面前蹿出，她正要投出手中的木棍，这时她看见爸爸又发出了静止禁令。她立刻停下，半张着嘴，保持着正要投掷木棍的姿势。野兔蹿向特格迈，被他给逮住了。这下他穿过蕨丛走过来，亲吻了他的女儿，并说："这才是我说的最棒的女儿。塔菲，现在我有点喜欢和你一起打猎了。"

　　过了一会儿，蕨丛间又蹿出一只野兔，特格迈没能看见，但塔菲看见了。她知道，如果爸爸不惊动那只野兔，野兔就会朝她这个方向跑来，于是她举起手臂，发出了发现野兔的信号，为了确保爸爸不会认为她是在闹着玩，她竟然也向爸爸发出了静止禁令！她真发了——她果真发了！我亲爱的孩子！

　　特格迈突然停下，一只脚悬在空中，因为当时他正要跨过一截树桩。野兔跑过塔菲身边，被她的木棍给击中了。她当时太激动，竟忘了解除静止禁令，过了两分钟才想起，而在那段时间内，特格迈一直单腿独立，不敢把另一只脚放回地面。最后他过来亲吻了塔菲，把她举向空中，让她骑在他肩上，还一边舞蹈一边说："我向部落发誓证明！这就是我常说的有个女儿就是有个女儿。哦，特格迈唯一的女儿！"塔菲当时非常高兴，异常高兴。

他们开始回家时天都快黑了。那天他们猎到了五只野兔和两只松鼠，另外还有一只河鼠。塔菲想用河鼠皮来做个小包。（那时候的人不得不猎杀河鼠，因为他们买不到小包包；但我们知道，今天猎杀河鼠也是一种禁忌，对你，对我，猎杀任何其他活着的动物都是禁忌。）

快到家的时候，特格迈对塔菲说："我想我今天带你回家晚了一点，妈妈肯定会不高兴。跑吧，塔菲！你跑到那儿就能看见山洞的火光了。"

塔菲刚一开始跑，特格迈就听见树丛里有动静，随后只见一只大灰狼蹿出，开始悄悄地尾随塔菲。

那时特格迈部落的人都不喜欢狼，一看见狼就会设法把它们杀死，而且特格迈从没在离他家山洞这么近的地方看见过狼。

他赶紧去追塔菲，那只狼听见了他的脚步声，又蹿回了树丛。那些狼都怕大人，它们惯常出来，企图捕捉部落里的孩子。这时塔菲正晃动着那只河鼠，一路唱着歌，因为她爸爸已解除了所有禁忌，所以她什么也没注意到。

靠近她家山洞有一小块草地，塔菲在洞口旁边看见有个高个子男人正站在她的玫瑰花园里，可天太黑，看不清是谁。

"真不敢相信，我的禁忌项链这么灵验，真的逮住了私闯花园的人。"她一边说一边朝花园跑，这时忽然传来爸爸的声音，"站住，塔菲！这是静止禁令，直到我解除！"她立刻原地停下，一只手举着河鼠，一只手举着投棍，只是把头转向了爸爸那边，等着他发出解禁信号。

这是那一整天里塔菲经历的最长一次静止禁忌。特格迈此时已转身接近树林，一只手举着他的石刃投斧，另一只手正打着静止禁忌手势。

这时塔菲觉得旁边有团黑乎乎的东西正钻过草丛向她逼近。那黑东西越来越近了，然后退缩了一点儿，接着又慢慢逼得更近。

突然，她听见爸爸那柄投斧像一只山鹬呼呼地从她肩上掠过，与此同时，另一柄石斧也呼啸着从她的玫瑰花园里飞了出来。只听一声嚎叫，那只大灰狼摊开四肢躺在草地上，一命呜呼啦。

特格迈把塔菲抱起来，给了她七个亲吻，然后说："我向特格迈部落发誓证明，塔菲哟，你是个让爸爸感到骄傲的女儿。你知道那家伙是什么吗？"

"我不敢肯定，"塔菲说，"不过我认为，我当时猜它是只狼。但我知道，你不会让它伤到我的。"

"好姑娘，"特格迈一边夸女儿，一边俯下身子，从狼身上抽出了两把投斧，"啊，这是大酋长的斧子！"他说着举起了那柄有魔法的绿岩斧刃投斧。

"正是，"大酋长站在塔菲的花园里说，"你要是把它送过来还我，我将非常感谢。今天下午我来你家拜访，在看见玫瑰花丛上的禁忌项链之前，我不巧已经踏进了塔菲的花园。所以呀，当然啰，我就不得不等塔菲回来放我出去了。"

说完这番话，头戴鹰翎和贝壳的大酋长把头偏向一侧，走了悔恨的三步，然后连呼三声："我犯忌了！我犯忌了！我犯忌了！"接着又非常严肃地给塔菲鞠了一躬，他头上的鹰翎都差点儿触到地面了，最后他边唱边说，"哦，特格迈的女儿哟，今天发生的一切我都看见了。你真是一个有禁忌的小姑娘。我非常非常喜欢你。起初我还有点儿不高兴，因为我从下午六点开始就不得不在你的花园里等你回来，而我知道，你给花园下禁入令，只是为了好玩。"

"才不呢，不是为了好玩，"塔菲说，"我是真想看看我的禁忌会不会灵验，但我没有想到，我这个小小的禁忌居然禁住了你这个大大的酋长。哦，大酋长。"

"我告诉过你它会灵验的。是我自己把它给了你，它当然会灵验啦。"大酋长说，"不过我并不介意。告诉你吧，塔菲，我亲爱的小姑娘，看见你那么漂亮的姿势，就是你最后一次服从爸爸给你下的静止禁令时保持

这幅画是大酋长画的，记述的是塔菲遵守静止禁令的场景。这是特格迈部落大酋长的风格，所以画面上充满了禁忌意味和禁忌标志。那头狼趴在一棵满是禁忌标志的禁忌树下。狼身画成矩形也是大酋长的画风。狼身下那排波浪状的东西是用禁忌风格画的草地，草地下那溜石墙样的图案就是长草的土地。

塔菲总是被画成白色的轮廓。你能看见她站在画面右边，正竭力遵守静止禁令。我不知道大酋长为什么没画她手里那只河鼠，但我想也许是出于河鼠画出来不好看的考虑。特格迈站在画面左边，正在朝狼投出他的石刃投斧。他穿着一件披风，披风上绣有部落图腾河狸，由河狸构成的图案表明它属于特格迈部落。他腰间挎着个箭囊，箭囊里有两支箭和一张弓，这说明他正在打猎。他正在用左手向塔菲发出静止禁令。

在画面上方右侧，你会看见大酋长站在塔菲的花园里，正把他的石斧向狼投去。这并非那位大酋长的肖像，而是所有大酋长的大致形象。方形帽子和脑后的羽翎表示他是个大酋长，而绘在他披风下部的河狸图腾表明他是特格迈部落的大酋长。他的五官没有画出来，因为对一个大酋长来说，五官并不重要。

塔菲花园正中的双头河狸说明花园已被禁忌令禁住，这就是大酋长出不来的原因。花园左边那道黑门应该就是进入塔菲花园的门。花园后面那些台阶状的图形是用禁忌风格画的小山和岩石。八盆玫瑰下方那些卷曲状的东西是用禁忌风格画的矮草和草皮。这幅画真应该画成彩色的，因为许多含义都因没有颜色而丧失。

的那个姿势，就是让我从中午十二点（而不是从下午六点）就被关在你的玫瑰花园里，我也不会介意。我以酋长的名义向你保证，塔菲，这个部落的许多人都不可能像你那样遵守那道禁忌令，尤其是在那只大灰狼钻过草丛向你逼近的时候。"

"哦，大酋长，你打算用那张狼皮做什么呢？"塔菲问。因为按照特格迈部落的风俗习惯，被大酋长的投斧砍中的任何猎物都属于大酋长。

"我当然是打算把它送给塔菲啰，用它来做一件冬天穿的大衣。我还要用狼牙狼爪为她做一串只属于她的魔法项链呢，"大酋长说，"而且我还要把塔菲的故事和这道静止禁令刻在木头上，列入禁忌事项中，让部落里所有的小姑娘都能看见，都能知道，都能记住，而且都能明白。"

然后他们三人一起进了山洞，特霞迈为他们做了一顿最最可口的晚餐，大酋长取下了头上的鹰翎，摘下了脖子上的所有项链。当塔菲该去她自己的小洞室睡觉的时候，特格迈和大酋长都进来给她道晚安，他们在塔菲的小洞室里玩耍嬉戏，把塔菲拖过铺有鹿皮的地面（就像有某个小姑娘喜欢让人把她拖过壁炉前的地毯一样），最后还互相扔水獭皮垫子，把挂在墙上的许多长矛和渔叉都碰到了地上。这最后一番嬉闹可闹大了，特霞迈进来说："静止！静止！我给你们所有人下静止禁令！你们这样闹，孩子怎么能睡觉呢？"于是他们向塔菲道了真正的晚安，然后塔菲就乖乖地进入了梦乡。

那后来怎么样了呢？哦，就像我们认识的某个人那样，塔菲后来记住了所有的禁忌。她记住了大白鲨禁忌，所以她总是乖乖地吃饭，而不是只顾玩弄刀叉汤勺（这项禁忌要用绿白项链，这你知道）；她记住了成人禁忌，所以有新石器时代的女士来拜访时，她能忍住不说话（而你也知道，这项禁忌要用蓝白项链）；她记住了猫头鹰禁忌，所以她从来不盯住陌生人看（这项禁忌要用一条黑蓝色相间的项链）；她记住了大巴掌禁忌（我们都知道这项禁忌要用一条纯白色的项链），所以当有人借用属于她的东西时，她能忍住不使性子也不发脾气。她还记住了另外的五项禁忌。

但她记住的最重要的禁忌，那项她后来从不触犯（哪怕是偶尔也不触犯）的禁忌，就是静止禁忌。这就是她爸爸去哪儿都把她带上的原因。

玩弄大海的螃蟹

哦，很久很久以前啊，我亲爱的孩子，在这个世界刚刚开始的时候，最早的那个魔法师正在为这个世界准备一切。他先准备好了陆地，接着又准备好了大海，然后他告诉所有的动物，它们都可以出来玩了。动物们说："哇，尊敬的魔法师，我们玩什么呢？"魔法师说："我来教你们吧。"他牵出大象（最早的那头大象），对它说："你就像大象一样玩吧。"于是最早的那头大象就去玩了。他牵出河狸（最早的那只河狸），对它说："你就像河狸一样玩吧。"于是最早的那只河狸就去玩了。他牵出奶牛（最早的那头奶牛），对它说："你就像奶牛一样玩吧。"于是最早的那头奶牛就去玩了。他又牵出海龟（最早的那只海龟），对它说："你就像海龟一样玩吧。"于是最早的那只海龟就去玩了。就这样，最早的那个魔法师一个接一个教会最早的飞禽、走兽和鱼虾该玩什么。

可是当天色渐晚的时候，当大伙儿都感到累了的时候，魔法师跟前来了个男人（你会问，他带着他的小女儿吗？）——当然带着，他心爱的小女儿就趴在他肩头上呢。那个男人问："这是在玩什么呀，尊敬的魔法师？"魔法师回答说："嗬，亚当的儿子，这是在玩'开天辟地'，不过你太聪明了，这不适合你玩。"那人表示赞同说："是的，我太聪明了，不适合玩这种游戏，不过请你务必叫所有的动物都服从我。"

就在魔法师和那个人说话的时候，下一个就该被牵出来决定玩法的螃蟹（最早的那只螃蟹）横着溜出了队列，匆匆溜进了大海，一边溜还一边自言自语地说："我才不服从那个亚当的儿子哩，我要到深海里去照自个儿的玩法玩。"当时除了趴在她爸爸背上的那个小姑娘，谁也没注意到螃蟹溜走。魔法师接着教其他动物怎么玩，直到所有动物都有了自己的玩法。然后魔法师擦干净手上的纤尘，开始云游世界，去看动物们都玩得怎样。

对，我亲爱的孩子，魔法师先是去北方，发现最早的那头大象正在为它准备的那片平整的新土地上用长牙挖土，并用粗腿把挖出来的土堆踩实。

"这样玩对吗？"大象问。

"完全正确。"魔法师回答。说完他朝大象堆起来的那堆泥土石块吹了口气，那堆泥土石块一下就变成了巍峨的喜马拉雅山。你可以在地图上找到这座大山。

他又去东方，发现最早的那头奶牛正在为它准备的那片原野上进食。它舌头一伸一缩就把一整座森林舔进嘴里，然后再坐下来反刍细嚼。

"这样玩对吗？"奶牛问。

"完全正确。"魔法师回答。说完他先朝被奶牛吃得光秃秃的那片地吹了口气，然后又朝被奶牛坐平的那片地吹了口气，这两片地一下就变成了大印度沙漠[1]和撒哈拉大沙漠。你可以在地图上找到这两片沙漠。

---

1. 大印度沙漠（又称"塔尔沙漠"），位于印度西北部和巴基斯坦东南部。

他又去西方，发现最早的那只河狸正在为它准备的那些大河的河口筑坝。

"这样玩对吗？"河狸问。

"完全正确。"魔法师回答。说完他朝倒在河边的树和平静的水面吹了口气，那些树和水一下就变成了佛罗里达大沼泽。你可以在地图上找到那片沼泽。

　　这里画的是螃蟹趁魔法师跟那父女俩说话的时候溜进大海。魔法师坐在有魔法的宝座上，身边缭绕着有魔法的烟云。他面前的三朵花是三朵魔花。你可以看见，在他身后的山顶上，最早的那头大象、最早的那头奶牛和最早的那只海龟正按照魔法师的吩咐去它们玩的地方。奶牛背上有高高的肉峰，因为它是最早的奶牛，所以它必须把以后所有的奶牛所需要的一切都背在背上。山下边是那些已被魔法师吩咐过该玩什么的动物。你能看见最早的那头老虎正笑眯眯地盯着最早的那堆骨头，你还能看见山上有最早的那头麋鹿、最早的那只鹦鹉和最早的那群野兔。其他动物都在山那边，所以我没有画出来。山上那幢小房子是最早的房子。魔法师盖那幢房子是为了让那个人知道，以后他想盖房子时该怎么盖。盘绕着小山丘的那条蛇是最早的蛇，它正在对最早的那只猴子说话。猴子对蛇很不客气，蛇对猴子也不讲礼。那个人正忙着跟魔法师交谈。小姑娘正盯着螃蟹悄悄溜走。主画面下方水中隆起的那个东西就是螃蟹。那时候它还不是普通的螃蟹，而是螃蟹王，所以它看上去跟普通螃蟹不同。那个人左脚下方那些像砖块的东西是大迷宫。等他跟魔法师谈完话后，他就会步入那座迷宫，因为这是他命中注定的。他右脚下那块石头上的标志是一种有魔力的标志。我在主画面下方画了三朵魔云缭绕的魔花。这整幅画就是大巫术和大魔法。

然后他去南方，发现最早的那只海龟正在为它准备的那片沙地上用它的鳍状肢刨沙石，被它刨出的沙石铺天盖地地落进远处的海水里。

"这样玩对吗？"海龟问。

"完全正确。"魔法师回答。说完他朝掉进海里的那些沙石连连吹气，结果那些沙石就变成了最最美丽的婆罗洲岛[1]、西里伯斯岛[2]、苏门答腊岛、爪哇岛和马来群岛的其他岛屿。这些岛屿你都可以在地图上找到。

不久之后，魔法师在霹雳河[3]畔遇见了亚当的儿子。他问："嗬！亚当的儿子，所有的动物都服从你吗？"

"是的。"那个人回答。

"整个大地都服从你吗？"

"是的。"那个人回答。

"整个大海都服从你吗？"

"不，"那个人回答道，"白天一次，晚上一次，大海都会涌进霹雳河，把河水推进森林，浸湿我的房子；而且白天一次，晚上一次，大海又会冲出霹雳河，把所有的水都带走，结果河里只剩下烂泥，还把我的独木舟都弄翻了。是你叫大海这么玩的吗？"

"不，"魔法师说，"这可是种糟糕的新玩法。"

"你瞧！"那人惊呼道，因为这时大海又涌进霹雳河口，把河水推上两岸，把大片大片黑压压的森林淹没，连那个人的房子也被淹了。

"这不对劲儿呀，"魔法师说，"快划上你的独木舟，咱们去看看是谁在玩弄大海。"他们上了独木舟，小姑娘也跟着他们，那人还带上了他

---

1. 婆罗洲岛，加里曼丹岛的旧称。

2. 西里伯斯岛，印度尼西亚东部的苏拉威西岛的旧称。

3. 霹雳河，马来西亚霹雳州的一条河，发源于泰国边境，自北向南纵贯全州，注入马六甲海峡，全长350公里。

的短剑（一把亮铮铮的波状刃马来短剑）。当时海水已开始后退，他们沿霹雳河顺流而下。独木舟被海水吸出了河口，过了雪兰莪[1]，过了马六甲，过了新加坡，仿佛被一根绳子拉着，独木舟一直漂到了宾坦岛[2]。

这时魔法师起身呼喊："嗨！所有的飞禽走兽和鱼虾都听着，我在世界刚开始的时候曾手把手地教你们各自该玩些什么，现在，你们中是谁在玩弄大海？"

所有的飞禽走兽和鱼虾齐声回答："尊敬的魔法师，我们和我们的子子孙孙都照你的吩咐在玩，我们谁也没玩弄大海。"

此时又大又圆的月亮升起，高悬在海面。魔法师问月亮上的驼背老人（驼背老人坐在月亮上纺渔线，他希望有朝一日用这根渔线钓起地球）："嗨！月亮渔夫，是你在玩弄大海么？"

"不是我，"月亮渔夫回答，"我正忙着纺渔线哩，总有一天我要用这根渔线钓起地球，但我不玩大海。"说完他又埋头继续纺他的渔线。

月亮上还有一只老鼠，专咬月亮渔夫纺出的渔线，纺出多少就咬断多少。魔法师问那只老鼠："嗨！月亮老鼠，是你在玩弄大海么？"

"不是我，"老鼠回答说，"我正忙着咬断这个老渔夫纺出的渔线哩。哪还顾得上去玩大海。"说完它又继续咬那根渔线。

这时小姑娘挥动手臂（她那两条浅棕色的手臂上戴着用白色贝壳做成的漂亮的手镯），对魔法师说："咳，尊敬的魔法师，当初我爸爸和你说话的时候，就是我趴在爸爸背上听你们说话的时候，也就是你最初教动物们各自该怎么玩的时候，我看见有个淘气的动物没等你教它就自个儿溜进了大海。"

---

1. 雪兰莪（音é），马来西亚的一个州，位于马来半岛西海岸中部。

2. 宾坦岛，印度尼西亚廖内群岛的一个岛屿，北临新加坡海峡，东滨南海。

122

魔法师说："看见了也不吭声，这孩子多聪明啊！溜走那家伙长什么模样？"

小姑娘回答："那家伙又圆又扁，双眼长在两根肉茎上，走路像这样横着爬，而且背上还披着坚硬的甲壳。"

"说真话的小姑娘多聪明啊！"魔法师说，"这下我知道最早的那只螃蟹去哪里了。把桨给我。"

魔法师接过船桨，但这时小舟根本用不着划，因为海水推着小舟经过了所有岛屿，最后来到了普萨塔塞（大海的中央），那里有一个大洞直通地球的中心，洞中长着那棵名叫珀坚吉的神奇树，树上结着那对有魔力的孪生坚果。魔法师将整只手臂伸入温暖的深水中，在神奇树树根下边摸到了那只螃蟹的宽宽的背甲。这一摸让螃蟹一下坐了起来，整个大海也随之涨了起来，就像你把手伸进盛水的盆里，盆里的水会涨起来一样。

"啊哈！"魔法师说，"这下我可知道是谁在玩弄大海啦。"于是他喊道，"螃蟹呀，你都在干些什么？"

螃蟹在水下回答说："白天一次，晚上一次，我出去找吃的。白天一次，晚上一次，我又回到这洞里。你就别管我吧。"

"你给我听好了，螃蟹，"魔法师说，"你从这个洞出去的时候，海水就从这个洞灌进地心，结果所有岛屿的海滩都光秃秃地露出水面，小鱼都干死了，连大象王莫扬·卡班的腿上也弄得满是淤泥。等你回来坐进洞里，海水就又往上涨，把一半小岛都淹没，还把这个人的房子也给淹了，连鳄鱼王阿卜杜拉嘴里也被灌满了咸水。

"哈！"螃蟹在水下笑着说，"我以前还不知道我这么了不起哩。从今往后，我每天要出去七次，让大海永远不得安宁。"

魔法师说："我可不能因为你当初从我身边逃走，就允许你想怎么玩就怎么玩。不过，要是你不害怕，就上来和我谈谈吧。"

"我才不害怕哩。"螃蟹说着浮到了洒满月光的海面。当时世界上再也没有什么动物有螃蟹那么大了，因为它不是普通的螃蟹，而是螃蟹王。它巨大的甲壳一边碰到了沙捞越的海滩，另一边碰到了彭亨州[1]的海滩。它比三座火山冲起的烟雾还要高。当它穿过那棵神奇树的枝丫浮出水面时，碰掉了那对孪生坚果中的一个（那是种能使人返老还童、永葆青春的仙果），小女孩看见碰掉的坚果漂在独木舟旁边，就把它捞了起来，开始用她那把小金钳挖出软软的果仁。

"螃蟹哟，"魔法师说，"既然你觉得自己了不起，那就玩个魔法来证明吧。"

螃蟹转动眼睛，使劲挥舞肢足，结果却只把海水搅动了一番。因为虽说它是螃蟹王，但螃蟹王毕竟还是螃蟹。魔法师见状哈哈大笑。

"螃蟹哟，看来你并没有多少了不起啊！"魔法师笑着说，"现在看我的。"说完他用左手（实际上只用了左手的小指头）玩了个魔法。哦，我亲爱的孩子，你要是能亲眼看见就好了，随着魔法师的小指头一动，就像剥椰子壳一样，螃蟹背上那层蓝晶晶、绿幽幽、黑乎乎的硬壳就被剥掉了，它一下就变得软乎乎的，哦，我亲爱的孩子，它软得就像你有时在海边看到的小螃蟹一样。

"你可真了不起呀，"魔法师对螃蟹说，"要不要我叫这个人用短剑砍你？要不要我叫大象王莫扬·卡班来用长牙戳你？要不要我叫鳄鱼王阿卜杜拉来用尖牙咬你？"

螃蟹说："我真羞愧死了！请把我坚硬的蟹壳还给我吧！让我回这个叫普萨塔塞的洞里去吧！以后我只是白天一次晚上一次出来觅食。"

---

1. 沙捞越和彭亨州都是马来西亚的大州，沙捞越位于婆罗洲西北部，彭亨州位于马来半岛中部偏东。

"那可不行，螃蟹，"魔法师说，"我要是把壳还给你，你会长得更大更壮，变得更加得意忘形，到那时你也许会忘记自己的承诺，会再次出来玩弄大海。"

"那我该怎么办呢？"螃蟹问，"我身体这么大，只能藏在这个洞里。要是我这么肉绵绵的去别的地方，鲨鱼和狗鱼会把我给吃掉的。就算让我回洞，像我这样肉绵绵的也只能躲在洞里，不敢出来觅食，那样我早晚也会被饿死。"说完它挥动肢足，号啕大哭。

"听好啦，螃蟹，"魔法师说，"我不能因为你当初从我身边逃走，就允许你想怎么玩就怎么玩，但要是你愿意接受，我可以把海里的每个石缝、每个洞穴、每丛海草都变得和普萨塔塞洞一样安全，永远作为你和

这里画的是那只大螃蟹浮出海面，有三座火山冲起的烟雾那么高。我没有画出那三座火山，因为大螃蟹太大了。大螃蟹正想施个魔法，可它只是个又老又蠢的螃蟹王，什么法也没有。你能看见它的全部肢足和空空的蟹壳。那条独木舟就是那个带着女儿的人和魔法师一道从霹雳河航行到此的那条。大海黑浪翻滚，因为螃蟹刚从普萨塔塞洞里升起来。那个洞在螃蟹身下，所以我也没画出来。那个人正朝螃蟹王挥动他那把波状刃马来短剑。小姑娘安静地坐在独木舟中央，她知道跟爸爸在一起很安全。魔法师正从独木舟的一端站起来施魔法。此时他离开了海滩上他那个有魔法的宝座，脱下了衣袍以免被水浸湿，把那团魔云也留在了海滩，以免烟云罩在独木舟上。独木舟外侧那个看上去像小独木舟的东西叫船舷外浮体。那是一根用木棍固定在独木舟外的木条，作用是防止独木舟倾覆。独木舟用整段木头制作，独木舟的一端有一柄划桨。

你的孩子们藏身的地方。"

"这样真好！"螃蟹说，"但我现在还不能接受。你看，这就是当初和你谈话的那个人。要是他当时不吸引你的注意力，我就不会等得不耐烦，就不会悄悄溜走，后来这一切也就不会发生了。那他该为我做点什么呢？"

于是那个人说："如果你愿意接受，那我也玩个魔法，让深深的海洋和高高的陆地都成为你和你孩子们的家，这样你们既可以藏在陆地上，又可以躲进大海中。"

螃蟹说："这我还不能接受。你看，这就是当初看着我溜走的那个小姑娘。要是她当时就说出来，魔法师就会把我叫回去，后来这一切也就不会发生了。那她该为我做点什么呢？"

于是小姑娘说："我正在吃的坚果真好吃。要是你愿意，我也玩个魔法，把这把锋利而坚硬的金钳送给你，这样你和你的孩子们从海里到陆上的时候，就可以像这样整天吃椰子果了。遇到附近没有石缝或洞穴藏身的时候，你们还可以用金钳自己挖洞造屋，要是土太硬挖不动，你们还可以凭借金钳爬到树上躲藏。"

螃蟹说："这我还是不能接受。我身体现在这么软绵绵的，这些礼物也帮不了我。哦，尊敬的魔法师，就把我的壳还给我吧，以后你叫我咋玩我就咋玩。"

魔法师说："好吧，我把壳还给你，但每年只还给你十一个月，到第十二月你又会变得软绵绵的，这样好叫你和你的孩子们记住我会玩魔法，记住要保持谦卑。螃蟹王哟，我这样做是因为我知道，既然今后陆地海洋都任你横行，你很可能会变得胆大包天；既然今后你可以用你的金钳上树、砸果、挖洞，你很可能会变得过于贪婪。"

螃蟹想了一会儿，然后说："好吧，我愿意。我愿意接受全部礼物。"

于是魔法师用右手（这次他用了右手的五个指头）玩了个魔法。哦，我亲爱的孩子，你要是能亲眼看见就好了，随着魔法师的右手一挥，螃蟹的身子变得越来越小，最后变成了一只绿色的小螃蟹，它游在独木舟旁边，用很小很小的声音喊道："快给我金钳！"

小姑娘把螃蟹从水中捞起来，放在她棕色的小手掌上，然后又让它坐在底舱，把她的小金钳送给了它。这下螃蟹开始挥舞它的螯钳，一会儿张开，一会儿合拢，弄得噼啪作响。然后它说："我能捏碎胡桃，我能夹开贝壳，我能挖洞，我能爬树，我可以在陆地上呼吸，我还可以在每块石头下面找到安全的家。啊，我以前还不知道我这么了不起哩。是吧？"

"完全正确。"魔法师回答，并微笑着赐予它祝福。然后螃蟹翻过独木舟的船舷，跳进了水中。它现在是那么小，小得可以躲在陆上的一片枯叶下面，或藏在海底的一枚空贝壳后边。

"这下好了吧？"魔法师问。

"好啦，"那个人回答，"可现在我们得回霹雳河去，用桨划舟回去可真累人。要是螃蟹还能从那个大洞钻进钻出，让海水上涨把小舟冲回去该多好啊！"

"你真是个懒人，"魔法师说，"所以你的子子孙孙也会是些懒人。他们将是世界上最懒的人，所以你会被叫作'马懒人'[1]。"然后他又指着月亮说，"嗨，月亮渔夫，这里有个人懒得不想划船回家。你就用你的渔线把他的独木舟拖回家吧。"

"这还不够，"那个人说，"要是我一辈子都这么懒该怎么办呢？还是让海水永远每天涨两次退两次吧，这样就省得划桨啦。"

---

1. 此处"马懒人"是"马来人"的谐称。在十九世纪末和二十世纪初，欧洲白人常用"马来人"称呼南岛民族（大洋洲和东南亚讲南岛语系的族群），并对这些民族有种族歧视。

魔法师笑着说："好吧。好吧。"

于是月亮上那只老鼠停止了咬渔线。月亮渔夫终于把渔线垂进了海中，拉动了全部海水，独木舟顺着水流过了宾坦岛，过了新加坡，过了马六甲，过了雪兰莪，最后又漂进了霹雳河口。

"这样拉对么？"月亮渔夫问。

"完全正确。"魔法师说，"从现在起，你永远都要像这样拉海，白天两次，晚上两次，让那些马懒人渔夫省得划桨。不过你得当心，别太使劲儿，不然我会像对螃蟹那样对你施个魔法。"

然后他们上了霹雳河岸，回家睡觉去了。

哦，我亲爱的孩子，现在可要注意听啦！

从那天以后直到今天，月亮每天都会让海水涨涨退退，我们把这种现象叫作涨潮退潮。有时候月亮用劲稍稍猛了一点儿，这样就有了我们所说的大潮。有时候月亮又没使够劲儿，这样就有了我们所说的小潮。但月亮渔夫通常还是小心翼翼的，因为他担心魔法师找他算账。

那只螃蟹呢？哦，对啦，我亲爱的孩子，你去海边河边的时候，会看见许多那只螃蟹的子子孙孙，它们在沙滩上的每块石头下和每丛杂草间做窝。你还会看见它们挥舞着一对螯钳。在世界上的有些地方，它们真的就生活在陆地上，而且像那位小姑娘曾经答应过的那样，它们还爬上树去吃椰子呢。但它们背上那层硬壳每年都要脱落一次，那时候它们又变得软绵绵的，这样它们就会想起魔法师的法力。所以呢，仅仅因为老螃蟹很久以前犯下的错误就去伤害小螃蟹是不公正的。

哦，还有！小螃蟹最讨厌被小孩子从洞里掏出来，然后装进瓶子带回家中。这就是它们常常用螯钳夹伤小朋友的原因，你可千万要记住这点！

◆ ◆ ◆

P&O 公司去中国的轮船

要经过螃蟹王玩大海的地盘，

BI 公司大多数邮轮的航线

也都要经过地心大洞旁边。

NYK 和 NDL 这两家公司

对螃蟹王的老窝也十分了然，

就像在海上捕捞的渔夫，

知道哪儿有旋涡暗礁险滩。

可 ATL 的船只不能来这儿，

这事听起来真有点儿怪诞；

还有 O&O 和 DOA 的船舶

也得绕远道，走别的航线。

至于东方、铁锚、霍尔等公司

他们的船从不曾走过这边。

要是发现自家的船在这儿，

肯定会气坏 UCS 公司的老板。

如果比弗斯公司的货轮

不去拉各斯而去了槟城[1]海岸，

如果索威尔公司的巨大客轮

载着乘客去新加坡游玩，

---

1. 拉各斯，尼日利亚的旧都和最大的海港城市，在几内亚湾岸边；槟城即槟榔屿，在马六甲海峡。

如果白星[1]的某条船突发奇想，

稍稍偏航去泗水[2]逛上一圈，

如果 BSA 的哪条船直驶井里汶[3]

（虽说它本该在纳塔耳[4]靠岸）

那么劳埃德船级社[5]便会赶来

用缆绳把破船拖回老家岸边。

等你吃过了马来亚的山竹果，

你就知道这首谜诗在说什么。

　　要是你等不及吃山竹果那天，那就叫爸爸妈妈给你找份《泰晤士报》，找到副刊第二版左上方的"航运"专栏，然后翻开本《地图册》（这可是世界上最好看的图画书），先看报纸上登的那些轮船要去的地方，再在地图上找到相对应的地名。喜欢轮船的孩子都会在地图上航行。但要是你不识字，那就请爸爸妈妈指给你看看。

---

1. 白星航运公司，曾是英国的豪华邮轮海运公司，当年沉没的"泰坦尼克号"邮轮就属于该公司。

2. 泗水，印度尼西亚的第二大海港，位于爪哇岛东北沿海的泗水海峡西南侧。

3. 井里汶，印度尼西亚西爪哇省东部港口。

4. 纳塔耳，巴西东部港市。

5. 劳埃德船级社，一家鉴定海难海损保险金额的国际权威机构，1760 年创建于伦敦。

独来独往的猫

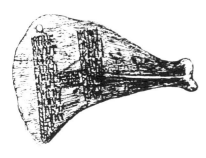

哦，我亲爱的孩子，你可要仔细听，注意听，用心听啊，因为当这个故事发生的时候，如今家养的动物都还是野的。那时候狗是野狗，马是野马，牛是野牛，羊是野羊，猪是野猪。它们全都野得不能再野，都孤孤单单地在潮湿的野树林里闲逛。但要说它们中最野的，那就得数猫啦。猫总是独来独往，想去什么地方就去什么地方。

当然啰，最初时男人也是野人，而且野得不能再野，直到他遇上了女人。女人对他说，她不喜欢过他那种野人的生活。她不愿在一堆潮湿的树叶上睡觉，于是挑了个干爽的山洞安家。她在洞里的地面上铺了层干净的沙子，在洞的深处用木柴生了个温暖的火堆，还用一张晒干的野马皮遮住洞口，将马尾朝下垫在地上，然后她对男人说："亲爱的，进洞前先把脚蹭蹭干净，这就是我们的家了。"

那天晚上呀，我亲爱的孩子，他们吃了在滚烫的石头上烤熟并用野蒜和野胡椒调味的野羊肉，吃了肚子里填有野稻米、野芜菁和野葫芦巴的野鸭，吃了野牛的髓骨，还吃了野樱桃和野石榴。然后那个男人就心满意足在火堆前躺下睡觉了。但那个女人却坐在火堆边梳头。她拿起一大块刀片状的野羊肩胛骨（见上图），看了看上面那些奇妙的标记，然后往火堆里添了些柴火，接着便施了个魔法。那可是世界上第一个有声魔法。

这时所有动物都聚集在洞外潮湿的野树林里，从那儿可远远地望见洞里透出的火光。动物们都想知道，那火光到底是怎么回事儿。

于是野马蹬着蹄子说："咳，我的朋友们！咳，我的敌人们！为什么那个男人和那个女人在那个大山洞里燃起那堆大火呢？那对我们会有什么伤害呢？"

野狗翘起鼻子闻了闻烤野羊肉的香气，然后说："我先过去看看再说，因为我认为那是件好事。猫兄弟，跟我一块儿去吧。"

这里画的就是最初的那个男人和那个女人住的山洞。那是个非常宜人的山洞，比看上去暖和多了。那男人有条独木舟，这会儿独木舟正被系在河边让水浸泡。横在河上的网状物是那个男人捕鲑鱼的拦河网。从河边到洞口一路铺有整洁的石块，这样那男人和女人下河取水就不会让脚趾间塞满沙子。远处河面上那些像黑甲虫般的东西是从对岸潮湿的野树林漂下来的浮木，那两个人常把浮木拖上岸，晾干劈碎后作为柴火。我没画洞口那张野马皮洞帘，因为那女人刚好把它取下来洗了。河岸和山洞之间沙滩上那一串串黑点是那个女人和那个男人留下的脚印。

那个男人和那个女人正在洞里吃饭。生孩子之后他们搬到了另一个更舒适的山洞，因为小孩常爬到河边，掉进水中，结果还得那条狗把孩子从水中叼起来。

"不！"猫说，"我是独来独往的猫，想去哪儿就去哪儿。我才不跟你去呢。"

"那我们以后就不再是朋友了。"野狗说完便独自朝山洞跑去。但野狗刚跑出几步，野猫便心中暗想："既然我想去哪儿就去哪儿，干吗不跟过去瞧瞧呢？反正我随时都可以走开。"于是猫轻爪轻腿地跟在野狗身后，找了个能偷听的地方藏了起来。

野狗来到洞口，用鼻子撩起马皮洞帘，使劲地吸烤羊肉的香气。两眼盯着野羊肩胛骨的女人听见了响动，笑了笑说："哟，第一个朋友来了。从野树林来的野家伙，你想要什么？"

野狗回答说："哦，我的敌人和我敌人的妻子，这是啥东西？我们在野树林里闻起来都香喷喷的。"

女人挑了块烤羊骨头抛给野狗，然后说："从野树林来的野家伙，你自己尝尝吧。"野狗尝了尝烤羊骨，觉得从来没吃过这样好吃的东西。于是它说："哦，我的敌人和我敌人的妻子，请再让我吃一块吧。"

那女人对野狗说："从野树林来的野家伙哟，只要你白天跟我的男人一块儿去打猎，晚上帮我守护山洞，那你想啃多少烤羊骨头我就给你多少。"

"唔，"在一旁偷听的野猫暗想，"这真是个非常聪明的女人，不过她还是没我聪明。"

野狗慢慢走进了山洞，把头偎在那女人膝上说："哦，我的朋友和我朋友的妻子，以后我白天会跟你的男人去打猎，晚上会帮你守护山洞。"

"哈，"在一旁偷听的野猫悄声说，"真是条傻狗。"说完它摇着尾巴回到潮湿的野树林中独自闲逛。但它没把偷听到的事告诉其他任何动物。

洞中那个男人醒来后问："野狗在这儿干什么？"女人说："它已不再是野狗，而是我们的第一个朋友，永远永远的朋友。以后你出去打猎就把它带在身边吧。"

第二天晚上，那女人从河边草地割回儿捆鲜嫩的青草，在火堆前烤干，让草味闻上去就像新割的干草料。然后她坐在洞口，用马皮编了个辔头，又看了看那块刀片状的野羊肩胛骨，接着又施了个魔法。那是世界上第二个有声魔法。

在洞外潮湿的野树林里，动物们都想知道野狗到底出了什么事。最后野马蹬着蹄子说："我去看看野狗为什么没回来。猫兄弟，跟我一块儿去吧。"

"不！"猫说，"我是独来独往的猫，想去哪儿就去哪儿。我才不跟你去呢。"但它和前一天晚上一样，轻爪轻腿地跟在野马身后，找了个能偷听的地方藏了起来。

那女人听见了野马被长长的鬃毛绊蹄的声音。她笑了笑说："哟，第二个朋友来了。从野树林来的野家伙，你想要什么？"

野马说："我的敌人和我敌人的妻子，野狗在哪儿？"

那女人笑了笑，拿起野羊肩胛骨看了看，然后说："从野树林来的野家伙哟，你来这儿才不是为了野狗呢，你是想吃这些香喷喷的干草。"

被长鬃绊得摇摇晃晃的野马说："你说对了，那就给我草吃吧。"

那女人说："从野树林来的野家伙哟，你把头低下，戴上我送你的这件礼物，这样你以后每天可以吃三顿这种香喷喷的干草。"

"唔，"在一旁偷听的野猫暗想，"这真是个非常聪明的女人，不过她还是没我聪明。"

野马把头低下，让那女人给它套上了皮革编成的辔头，然后舔着那女人的脚说："哦，我的女主人，我主人的妻子，为了香喷喷的干草，我愿意做你的仆人。"

"哈，"在一旁偷听的野猫悄声说，"真是匹蠢马。"说完它摇着尾巴回到潮湿的野树林中独自闲逛。但它没把偷听到的事告诉其他任何动物。

那个男人带着狗打猎归来时，他问："野马在这儿干什么？"女人说："它已不再是野马，而是我们的第一个仆人，因为它将永远驮着我们从一个地方到另一个地方。以后你出去打猎就骑上它吧。"

第三天，野牛朝山洞走去，一路上把头扬得老高，以免犄角被树枝挂住。野猫又像前两天那样轻爪轻腿跟到洞口，把自己藏了起来。一切都和前两天晚上发生的一样，野猫也悄声说了前两晚说过的话。在野牛答应每天用牛奶换女人的香草之后，野猫又摇着尾巴回到潮湿的野树林中独自闲逛。但它还是没把偷听到的事告诉其他动物。当那个男人骑着马带着狗打猎归来时，他像前两次一样问了同样的问题。女人告诉他说："它的名字已不再叫野牛，而叫奶牛。它永远都会为我们提供热乎乎的雪白牛奶。你带第一个朋友和第一个仆人出去打猎的时候，我会在家照料

这就是那只独来独往的猫，正摇晃着它的尾巴穿过潮湿的野树林独自闲逛。画中除猫和树林外就只有一些蘑菇。蘑菇之所以长在那儿，是因为树林太潮湿。下面那根树枝上的块状物不是鸟，而是苔藓。苔藓之所以长在那儿，也是因为野树林太潮湿。

在主画面的下方，画的是那个舒适的山洞，就是那个男人和那个女人有了孩子后住的山洞。那是他们的夏季山洞。他们在洞口前面种了小麦。那个男人正骑着马去找奶牛，打算牵它回洞挤奶。这会儿他正举着手招他的狗，因为狗游到河对岸找野兔去了。

它的。"

第四天，猫等着看还有没有别的动物去那个山洞，但潮湿的野树林中谁也没去，于是猫便自己去了。它看见那女人在挤牛奶，看见了洞里的火光，还闻到了热乎乎的雪白牛奶的香味儿。

猫走上前说："我的敌人和我敌人的妻子，野牛在哪儿？"

那女人笑着说："从野树林来的野家伙哟，回到野树林中去吧！因为我已经梳好了发辫，收好了有魔法的肩胛骨，而且我们洞里不再需要别的朋友或别的仆人。"

猫说："我既不是朋友，也不是仆人。我是独来独往的猫，而我想进你家山洞。"

那个女人说："既然如此，第一天晚上你为什么没和'第一个朋友'一道来呢？"

猫一听这话生气了。它气呼呼地问："是那狗东西说了我什么坏话吧？"

女人哈哈大笑，然后说："你是独来独往的猫。你想去哪儿就去哪儿。你既不是朋友也不是仆人。这些话可都是你亲口说的。回去吧，你想去哪儿就去哪儿吧。"

这下猫装出一副可怜相说："难道我永远都不能进你家山洞吗？难道我永远都不能坐在那个暖烘烘的火堆旁吗？难道我永远都不能喝热乎乎的白牛奶吗？你这么聪明，这么漂亮，你对猫不应该这样狠心。"

那女人说："我知道我很聪明，但还不知道自己很漂亮。这样吧，我和你来个约定，如果我说你一句好话，你就可以进洞。"

"可要是你说我两句好话呢？"猫问。

"我不会说的，"女人回答说，"不过，假如我真说了你两句好话，你就可以坐在洞里的火堆旁边。"

"但要是你说了我三句好话呢？"猫继续追问。

"我绝不会说的，"女人说，"不过，假如我真说了你三句好话，那从今往后，你每天都可以喝上三碗热乎乎的雪白牛奶。"

这下猫弓起背说："现在，请洞口的帘子、请洞里的火堆、请火堆旁的奶罐都替我记住，记住我的敌人和我敌人的妻子今天所说的话。"说完它离开山洞，摇着尾巴回潮湿的野树林中独自闲逛去了。

那天晚上，当那个男人带着马和狗打完猎回到家后，那个女人没把她和猫有约定的事告诉他们，因为她担心他们会不高兴。

猫去了很远很远的地方，独自在潮湿的野树林里藏了很久很久，直到那个女人已经把它完全忘记了。只有蝙蝠（倒挂在山洞顶壁上的那只小蝙蝠）知道猫藏在哪里，它每天傍晚都飞去给猫报信，把洞里面发生的事情告诉猫。

一天傍晚，蝙蝠对猫说："洞里新添了一个婴儿，他长得又白又胖，女人非常喜欢他。"

"噢，"猫听完蝙蝠的话问，"可那个小家伙又喜欢什么呢？"

"那小家伙喜欢软绵绵的东西，"蝙蝠说，"喜欢别人呵他的痒痒，睡觉时喜欢抱着暖乎乎的玩意儿。还喜欢有人逗他玩。反正这些他都喜欢。"

"哈，"猫听完后说，"这么说来，我的机会来了。"

第二天晚上，猫出了那座潮湿的野树林，在离洞口不远的地方一直躲到天亮。那个男人骑着马带着狗打猎去了，那个女人正在忙着做饭，可这时小家伙开始哭闹，女人闻声把孩子抱到洞外，给了他一把小石子玩耍，但小家伙还是哭个不停。

这时猫溜上前去，伸出前爪，用趾底软绵绵的肉垫轻轻拍小家伙的脸蛋儿，小家伙的哭声变成了咿呀声。猫又亲了亲那两条胖乎乎的小腿，用尾巴搔了搔那个胖嘟嘟的下巴。这下小家伙咯咯咯地笑了。那女人听见笑声，脸上也露出了笑容。

于是蝙蝠（那只倒挂在洞口顶壁上的小蝙蝠）说："哦，我的女主人，我主人的妻子，我主人儿子的母亲，有个从野树林来的野家伙正和你家小宝贝玩得开心呢。"

"那我真该祝福那家伙了，不管它是谁。"女人直起腰说，"因为今天早晨我太忙了，它可算是帮了我一个大忙。"

女人的话音刚落，我亲爱的孩子，那张尾巴朝下挂在洞口的马皮帘子嗖的一声就掉在了地上。因为帘子还记得那个女人跟猫的约定。当女人过去拾帘子的时候，哦，快瞧！猫正舒舒服服地坐在洞里呢。

"啊，我的敌人，我敌人的妻子，我敌人儿子的母亲，"猫说，"是我在洞里，因为你已经说了我一句好话。从现在起，我可以永远永远地坐在这洞里了。不过呢，我还是独来独往的猫，想去哪儿就去哪儿。"

那女人非常生气。她双唇紧闭，一声不吭地坐到纺车前开始纺线。

见猫咪离开了身边，小家伙又开始哭闹，小手乱舞，小腿乱蹬，小脸憋得通红，那女人怎么哄也哄不过来。

"哎，我的敌人，我敌人的妻子，我敌人儿子的母亲，"猫对那女人说，"你只消用你纺的一根线拴个纺锤，然后把纺锤拖过地面，我就给你玩个魔法，让你的小宝贝儿笑得比这会儿哭得还欢。"

"就照你说的办呗，反正我也没辙啦，"女人说，"但我才不会为此感谢你呢。"

女人用纺线拴了个小小的陶制纺锤，然后把纺锤拖过地面。猫开始玩纺锤，一会儿用爪子拍打，一会儿又将它翻个筋斗，一会儿把它往身后一抛，一会儿又追上去把它夹在腿间，假装纺锤不见了，然后又纵起身来将它扑住。小家伙被逗得咯咯直笑，笑得比刚才哭得还欢。他跟在猫咪身后爬，跟猫在洞里嬉戏。最后小家伙玩累了，安静下来，抱着猫咪想睡觉了。

"你听着，"这时猫对那女人说，"我要为你的小宝贝唱支摇篮曲，让他睡上一个小时。"说完猫便呼噜咕噜地哼哼起来，一声高一声低，一声低一声高，直到那个小家伙甜甜地入睡。女人低头看了看他俩，笑容满面地说："干得漂亮。没说的，你真是只非常非常聪明的……猫。"

女人的话音刚落，我亲爱的孩子，洞壁顶上的一团火烟灰噗的一声就掉在了地上。因为火堆还记得那个女人跟猫的约定。当火烟灰被清除干净之后，哦，快瞧！猫正舒舒服服地坐在火堆旁呢。

"啊，我的敌人，我敌人的妻子，我敌人儿子的母亲，"猫说，"是我在火堆旁，因为你已经说了我第二句好话。从今往后，我可以永远永远地坐在这火堆旁了。不过呢，我还是独来独往的猫，想去哪儿就去哪儿。"

那女人非常非常生气。她让早已梳好的头发披散下来，往火堆里添了更多的柴火，然后取出了那块刀片状的野羊肩胛骨，开始施魔法，以避免她为猫说第三句好话。哦，我亲爱的孩子，这个魔法不是有声魔法，而是静声魔法。所以不一会儿洞里就变得静悄悄的，只有从角落里钻出的一只小老鼠吱吱叫着蹿过地面。

"哦，我的敌人，我敌人的妻子，我敌人儿子的母亲，"猫问，"这小耗子也是你施法变出来的吗？"

"哎呀呀！当然不是！"那女人丢下手中的羊骨头，跳上火堆前的脚凳，飞快地梳拢了发辫，生怕小老鼠会钻到头发里去。

"啊哈，"在一旁看热闹的猫说，"要是我把这小耗子吃掉，不会对我有啥害处吧？"

"不会！不会的。"那女人一边拢发辫一边说，"快吃掉它吧！我会永远感激你的。"

猫纵身一跃，逮住了小老鼠。女人对猫说："万分感谢。论逮老鼠，连'第一个朋友'也没有你快。你一定非常聪明。"

她的话刚一出口，我亲爱的孩子，放在火堆旁的奶罐啪的一声就裂成了两半。因为奶罐还记得那个女人跟猫的约定。当那个女人跳下脚凳时，哦，快瞧！猫正在舔破罐碎片里热乎乎的白牛奶呢。

"啊，我的敌人，我敌人的妻子，我敌人儿子的母亲，"猫说，"是我在喝牛奶，因为你已经说了我第三句好话。从今往后，我每天都可以喝上三碗热乎乎的雪白牛奶。不过呢，我还是独来独往的猫，想去哪儿就去哪儿。"

这次那女人笑了，她递给猫满满一碗热乎乎的雪白牛奶，然后说："猫呀，你真像人一样聪明。可是你得记住，你跟我的男人和那条狗并没有约定。我还不知道他们回家后会干什么呢。"

"那跟我有什么关系？"猫说，"只要我能进洞坐在这火堆旁，只要我每天能喝上三碗热乎乎的白牛奶，我才不管那男人和狗会干什么呢。"

那天傍晚，当那个男人带着狗回到洞里，女人就把跟猫约定的事原原本本地讲给他们听，猫坐在火堆旁一边听一边偷笑。男人听完后说："好吧。但它跟我还没有什么约定，跟未来所有体面的男人们也还没有约定。"男人边说边脱下脚上的两只皮靴，操起他那柄小石斧（总共三件东西），又拿来一块木柴和一把劈柴用的短柄斧（这下总共有五件东西），他把这几件东西在地上放成一排，然后对猫说："现在咱们也来个约定。从今往后，直至永远，如果你在洞里的时候看见老鼠不捉，那只要被我发现，我就要用这五件东西来砸你，而且未来所有体面的男人也都会这么做。"

"哈！"在一旁倾听的女人悄声说，"这是只非常聪明的猫，但还是不如我的男人聪明。"

猫数了数那五件东西（那些玩意儿看上去都疙里疙瘩的），然后说："从今往后，直至永远，只要我在洞里看见老鼠就逮。不过呢，我还是独来独往的猫，任何地方对我来说都一样。"

"在我跟前就不一样！"男人说，"你要不说最后这句话，我也许还会把这些家伙收起来，永远都不用，可从现在起，我任何时候碰见你，都会用我这两只靴子和小石斧（总共三件东西）砸你。将来所有体面的男人们也都会这样收拾你！"

这时狗说话了："请等一下。它跟我还没有约定呢，跟未来所有体面的狗也还没有约定。"狗龇牙咧嘴地对猫说，"从今往后，直至永远，要是你在洞里的时候不好好逗小宝贝玩，那只要被我发现，我就要追你，抓到你，然后咬你，而且将来所有体面的狗也都会这样做。"

"哈！"在一旁倾听的女人悄声说，"这是只非常聪明的猫，但还是不如我的狗聪明。"

猫数了数狗的牙齿（那些狗牙看上去非常锋利），然后说："从今往后，直至永远，我在洞里的时候就会逗小宝贝玩，只要他不狠狠地揪我的尾巴。不过呢，我还是独来独往的猫，任何地方对我来说都一样。"

"在我跟前就不一样！"狗说，"你要不说最后这句话，我也许还会闭上嘴巴，永远都不朝你龇牙，可从现在起，我任何时候碰见你，都会把你撵到树上。将来所有体面的狗也都会这样收拾你！"

这时那个男人把两只靴子和小石斧（总共三件东西）朝猫砸去，猫忽的一下蹿出了山洞。狗追出洞把它撵上了一棵树。哦，我亲爱的孩子，从那以后直到今天，五个男人中有三个见到猫就会扔东西去砸它，所有的狗见到猫就会把它往树上撵。但猫始终遵守它答应过的约定。当它在屋里的时候，它总是见到老鼠就逮，总是好好地逗小男孩小女孩玩，只要孩子们不狠狠地揪它的尾巴。但当它做完这些事后，当月亮升上天空，夜晚来临的时候，它仍然是独来独往的猫，想去哪里就去哪里。这时它就会溜进潮湿的野树林，或爬上潮湿的大树，要不就蹿上潮湿的房顶，摇晃着它的尾巴独自闲逛。

◆ ◆ ◆

猫咪会坐在火炉边喵呜，
　　猫咪会爬上高高的大树，
还会玩旧木塞，会玩线团，
　　整天自得其乐，我行我素。
但我更喜欢我的狗狗宾奇，
　　因为它懂得如何举手投足；
就像山洞里那个人和他的狗，
　　宾奇也是我最好的朋友。

只要不是在舔爪爪的时候，
　　猫咪也会听话，像个"星期五"[1]，
（鲁滨逊在窗台上见过猫爪印）
　　在窗台上装模作样走走猫步；
然后便翘起尾巴喵喵乱叫，
　　又抓又挠一点儿也不听招呼。
可人家宾奇对我就俯首帖耳，

---

1. 在《鲁滨逊漂流记》中，鲁滨逊在荒岛上救下了一个土著人，这人后来成了鲁滨逊忠实的仆人，因为救他的那天是星期五，星期五就成了他的名字。

它才真正是我最好的朋友。

猫咪也会用脑袋蹭我的膝盖，
　假装喜欢我，对我很在乎；
但每次只要我一上床睡觉，
　它就一溜烟蹿到院里去逮老鼠，
而且整整一晚上都不回屋，
　所以我知道它假装对我友好；
但宾奇才是我最好最好的朋友，
　人家会整夜在我床脚边打呼噜。

跺脚的蝴蝶

这个故事呀，哦，我亲爱的孩子，是一个非常新奇的故事，和我以往讲的那些故事都不相同。它是关于那个最聪明的国王——耶路撒冷的王，大卫王的儿子——所罗门王的故事。

关于所罗门王的故事一共有三百五十五个，但我要讲的这个故事不在其中。这不是那只田凫觅水的故事，不是那只戴胜鸟为所罗门遮阴避暑的故事，不是关于那条水晶大道的故事，不是关于那颗有曲孔的红宝石的故事，也不是关于巴尔克丝王后的金条的故事，我要讲的是蝴蝶跺脚的故事。

所以你要用心听，仔细听。

所罗门国王非常聪明，他能听懂各种走兽、各种飞鸟、各种鱼儿和各种昆虫所说的话。岩石在地下深处互相碰撞挤压发出的声音，他明白是什么意思。树木在清晨的柔风中簌簌絮语，他明白有什么含义。从圣坛上的大主教到墙头上的牛膝草，他都无所不知，无所不晓。而他心爱的王后，最美丽的巴尔克丝王后，也差不多和他一样聪明。

所罗门国王很有能耐。他右手中指上戴着一枚戒指。他把戒指转一圈，巨神就会从地下钻出来听他差遣，按他的命令去做任何事情。他把戒指转两圈，仙女就会从天上飘下来听他吩咐，按他的命令去做任何事情。他要是把戒指转上三圈，连佩剑死亡天使亚兹拉尔也会装扮成挑水夫，来向他通报天堂、地狱和人间这三个世界的消息。

但所罗门国王并不骄傲，从来不故意炫耀自己，如果无意间卖弄了一下，他也会为此感到懊悔。曾经有一次，他想在一天之内请全世界的所有动物来吃顿饱饭。但当食物刚刚准备好时，从深海冒出来一个动物，三口就把全部食物吞到它肚子里去了。所罗门国王当时非常惊讶，他问："嗬，海里来的动物，你是谁？"那个动物回答说："尊敬的国王啊，祝你万寿无疆！我家就住在海底，我是我家三万兄弟中最小的一个。我们听说你要请全世界所有的动物聚餐，所以我的哥哥们叫我来看看什么时候开饭。"所罗门国王一听更加吃惊了，他说："哦，海里来的动物，你已经把我为全世界所有动物准备的饭菜都吃光了。"那个动物说："尊敬的国王啊，祝你万寿无疆！可你真把我刚才吞下的那点东西叫作一顿饭菜么？在我们那儿，每个动物喝下午茶时吃的东西都是我刚才吞下去的两倍。"这下所罗门国王羞得满脸通红，他说："啊，海里来的动物哟，我之所以准备这顿大餐，只是想炫耀一个国王有多伟大，有多富有，而不是因为我真心想对动物们加以关爱。现在我感到非常羞愧，这也是我咎由自取。"你听，我亲爱的孩子，所罗门真不愧是个聪明的国王，从那件事发生之后，他就永远牢记，自我炫耀是愚蠢的行为。好啦，下面才是我这个故事的主要部分。

所罗门国王娶了很多很多妻子，除了最最漂亮的巴尔克丝王后，另外还有九百九十九个王妃。她们全都住在一座用黄金造的大宫殿里，宫殿坐落在一个大花园中央，美丽的大花园中有许多喷泉。实际上，所罗门并不想娶那九百九十九个妻子，但在那个时候，每个男人都要娶很多妻子，所以国王理所当然地要比那些人娶得更多，这仅仅是为了说明他是国王。

在所罗门那九百九十九个王妃中，有的十分可爱，有的却十分可恶。那些可恶的总是成天找碴儿与那些可爱的争吵，吵得那些可爱的也变得可恶了。最后她们就一块儿找国王争吵，吵得国王真是烦死了。但最最美丽的巴尔克丝王后从来不跟国王吵嘴，因为她太爱国王了。她总是待在王宫中她自己的房间里，要不就到屋外的花园里散散步。她打心眼儿

这里画的就是从海里冒出来的那个动物，它三口就吃光了所罗门国王为全世界所有动物准备的一顿大餐。它真是个可爱的家伙，它妈妈非常喜欢它，也喜欢它另外两万九千九百九十九个住在海底的哥哥。你知道它是它家三万兄弟中最小的一个，所以它的名字叫小棘鬣。它连绳也没解，箱也没开，就吃掉了码头上那些大箱小箱、大捆小捆的食物（为全世界所有动物准备的食物），而这并没有让它闹胃疼，拉肚子。装食物的箱子后面那些桅杆属于所罗门国王的船队。当小棘鬣冒出海面时，船队正忙着运来更多食物。小棘鬣没有吞掉那些船只。船只靠岸卸下食物就马上驶离港口，让小棘鬣把食物吃光。你能看见有些船正从小棘鬣肩膀下的海面驶向远海。我没有画出所罗门国王，不过他就站在画面外边，显得非常惊讶。画面左侧桅杆上挂的那包东西是给鹦鹉吃的海枣。我不知道那些船的船名。整幅画上就是这些。

里替国王感到难过。

当然啦，如果国王愿意转动他手指上那枚戒指，把巨神和仙女召来，他们就会用魔法把那九百九十九个喜欢争吵的女人变成沙漠里的白骡子，要么变成灰狗，或变成石榴籽。但所罗门国王认为，那样做等于是在炫耀自己。所以，当那些女人吵得太厉害的时候，他只好独自一人躲进那座漂亮的花园，心想要是不生在这个世上该有多好哇。

有一次，那九百九十九个王妃一连争吵了三个星期，所罗门国王像往常一样到宫外找安静的地方散心，在橘树林间与最最美丽的巴尔克丝王后相遇。见国王闷闷不乐，巴尔克丝王后也忧心忡忡。她对国王说："哦，我圣明的君王，我眼中的光明哟，转一转你手上的戒指吧，让那些埃及女人、波斯女人、印度女人和美索不达米亚[1]女人知道你是个伟大的国王，厉害的国王。"但所罗门摇了摇头说："唉，我贤惠的王后，我生活的欢乐啊，还记得从海底来的那个动物让我在全世界所有动物面前丢丑的事么？那都是因为我自我炫耀。现在，如果我因为那些埃及女人、波斯女人、印度女人和美索不达米亚女人使我烦恼，就在她们面前炫耀自己，那我会比上次感到更羞愧。"

最最美丽的巴尔克丝王后说："啊，我圣明的君王，我灵魂的宝藏哟，那你怎么办呢？"

所罗门说："唉，我美丽的王后，我心灵的安慰哟，我将继续忍受那九百九十九个争吵不休的女人带给我的烦恼。"

说完他继续走向花园深处，穿过百合花丛、玫瑰花丛和浓香四溢的姜丛，走过美人蕉丛和枇杷树林，最后来到一棵大樟树下（这棵树后来

---

1. 美索不达米亚，古希腊对两河（幼发拉底河和底格里斯河）流域的称谓，其位置大体在现今的伊拉克。在两河之间的美索不达米亚平原上产生和发展的古文明称为两河文明或美索不达米亚文明。

就被称为所罗门香樟）。而美丽的巴尔克丝王后悄悄地跟在他身后，藏身于大樟树后的鸢尾花、红百合和斑竹林中，尽可能地靠近她真心爱慕的国王。

这时一对蝴蝶飞到大樟树下，并在那里争吵起来。

所罗门听见一只蝴蝶对另一只蝴蝶说："你对我说话如此放肆，这真叫我吃惊。你难道不知道我的厉害？如果我跺一跺脚，所罗门国王的宫殿和花园马上就会在一声惊雷中变得无影无踪。"

一听这话，所罗门顿时把他那九百九十九个爱争吵的王妃抛在了脑后。他被这只吹牛说大话的蝴蝶逗笑了，笑得连那棵樟树都直摇晃。他伸出一根手指，对那只蝴蝶说："小兄弟，请到这儿来。"

那只蝴蝶吓坏了，但还是壮着胆子飞到了所罗门手上，停在那儿扇着翅膀。所罗门低下头轻声说："小兄弟，你明明知道你跺脚连一片小草都踏不弯，你干吗要对你妻子说那种大话呢？毫无疑问，它一定是你妻子。"

蝴蝶望着这位最聪明的国王，见他的眼睛像寒夜的星星一般闪烁光芒，于是它拍拍翅膀，鼓起勇气，把头一偏，然后说："哦，尊敬的国王啊，祝你万寿无疆！它的确是我妻子，而你知道妻子是怎么回事。"

所罗门微笑着回答："是的，小兄弟，我知道妻子是怎么回事。"

"当丈夫的怎么说也得让妻子懂点规矩，"那只蝴蝶说，"它跟我吵了整整一上午，我那么说是想让它安静下来。"

"但愿它能安静下来。"所罗门说，"小兄弟，那你回你妻子身边去，让我听听你对它怎么说。"

那只蝴蝶飞回妻子身边。躲在树叶后瑟瑟发抖的蝴蝶妻子说："哎呀，他听见你的话了！所罗门国王亲耳听见你的话了！"

"听见我的话了！"那只蝴蝶说，"他当然听见了。我本来就想让他听见。"

"那他都对你说了些什么？哦，天哪，他都说了些什么？"

"这个嘛，"那只蝴蝶扇着翅膀，神气活现地说，"这话只能在咱俩之间讲，亲爱的，当然啦，我也不会责怪他，因为他这座宫殿肯定值很多钱，再说这些橘子也快要成熟了——知道吗，他求我不要跺脚，而我已经答应他了。"

"天啦！"蝴蝶的妻子坐了下来，不再吭声。所罗门听完那只蝴蝶厚颜无耻的大话，连眼泪都笑出来了。

最美丽的巴尔克丝王后一直躲在大樟树后的红百合花丛间，听到这一切她也忍不住笑了。她心中暗想："如果我真聪明，我就能让国王摆脱那些争吵不休的王妃给他造成的烦恼。"想到这儿她伸出一根手指，悄声对那只蝴蝶的妻子说："小妹妹，请到这儿来。"蝴蝶的妻子胆战心惊地飞过来，落在了巴尔克丝王后雪白的手心。

美丽的王后低下头悄声说："小妹妹，你相信你丈夫刚才说的话么？"

蝴蝶的妻子望着美丽的巴尔克丝，见她的眼睛像泛着星光的湖面一样明澈，于是它拍拍翅膀，鼓起勇气说："哦，尊敬的王后啊，祝你永远美丽。你知道当丈夫的是怎么回事。"

巴尔克丝王后——富于智慧的示巴女王[1]——用手掩住笑口，轻声说："小妹妹，我当然知道。"

"他们总是无缘无故地发脾气，"蝴蝶的妻子飞快地扇着翅膀说，"而

---

1. 据犹太教和伊斯兰教的传说，示巴王国（又称沙巴王国）位于阿拉伯半岛西南部，又说位于非洲曼德海峡周边地区。示巴女王（生活于公元前十世纪）是《圣经》中记载的第一位女王。据《圣经·旧约·列王纪上》第十章记载，示巴女王曾遵照耶稣的预言，携黄金珠宝和香料到耶路撒冷去见证所罗门王的智慧。据埃塞俄比亚传说，示巴女王后来嫁给了所罗门国王，其子曼涅里克一世创建了所罗门王朝（1270—1975）。

我们当妻子的却不得不顺从他们。哦，尊敬的王后哟，他们说的话一半都不作数。我丈夫说它一跺脚国王的宫殿就会消失，如果它相信我相信它的话能让它高兴，就让它相信去呗，反正我也不在乎，到明天它就会把这事忘得一干二净的。"

"小妹妹，"巴尔克丝说，"你说得一点儿不错。不过，要是它下次再吹这牛皮，你就抓住它这句话，叫它跺脚，看它能跺出个什么结果。咱们都知道当丈夫的是怎么回事，不是吗？它会感到万分羞愧的。"

于是蝴蝶的妻子飞回丈夫身边。不出五分钟，它俩又吵了起来，而且吵得格外厉害。

"你可别忘了！"那只蝴蝶对妻子说，"别忘了我一跺脚会发生什么。"

"我一点儿也不信你的话，"蝴蝶的妻子说，"我倒真想看看到底会发生什么。你现在就跺跺脚吧。跺呀！"

"我已经答应过国王我不跺脚了，"那只蝴蝶说，"我可不想言而无信。"

"其实你跺脚也没啥关系，"蝴蝶的妻子说，"因为你恐怕连棵小草也跺不弯。我谅你也不敢跺。不然你跺呀！跺呀！跺呀！"

坐在樟树下的国王把这场争吵听得清清楚楚。他笑啊，笑啊，一辈子都没笑得这么开心过。他忘记了那些令他烦心的王妃，忘记了从海里冒出来的那个动物，也忘记了什么卖弄炫耀。他只是因开心而欢笑。躲在樟树另一边的巴尔克丝王后也笑了，因为她看见自己心爱的人那么开心。

过了一会儿，那只蝴蝶气急败坏地飞回大樟树的树荫下，对所罗门说："它要我跺脚！它想看看到底会发生什么！哦，尊敬的国王哟，你知道我跺不走你的宫殿，这下它再也不会相信我的话了。它会嘲笑我一辈子的！"

"不用担心，小兄弟，"所罗门说，"它以后再也不敢嘲笑你了。"说完这话他转动了一下手上的戒指（仅仅是为了这只小小的蝴蝶，而不是为了炫耀自己）。啊，瞧呀，四个长着翅膀的巨魔从地下冒了出来。

"我的奴仆们，"所罗门对四个巨魔说，"见我指头上（那只厚颜无耻的蝴蝶就停在那儿）这位先生一跺左脚，你们就让我的宫殿和花园在一声惊雷中消失。当它再跺脚时，你们就小心地把搬走的再给搬回来。"

"好啦，小兄弟，"他又对那只蝴蝶说，"现在回你妻子身边跺脚去吧。"

那只蝴蝶飞回妻子身边。它还在继续嚷嚷："我谅你也不敢跺。我谅你也不敢跺。不然你跺呀！跺呀！现在就跺呀！"巴尔克丝看见那四个巨神在簇拥着王宫的花园四角俯下了身子，高兴得拍着手小声说道："为了一只蝴蝶，这下国王终于要做他实际上早就该为他自己做的事情了。那些争吵不休的王妃肯定会吓得半死！"

这时那只蝴蝶左脚一跺，四个巨神立刻把花园连同宫殿抬到了半天云中，同时天上还响了一声最可怕的惊雷，周围的一切顿时被笼罩在黑暗之中。蝴蝶的妻子在黑暗中心惊胆战地扑动翅膀，哭喊道："哦，我亲爱的丈夫，我真后悔我说了那些不该说的话。请你把花园宫殿还回来吧。从今以后，我一定会做个好妻子。再也不顶撞你了。"

那只蝴蝶和它妻子一样也被吓坏了。所罗门笑得几乎喘不过气来，过了好几分钟才悄声对那只蝴蝶说："再跺一下脚吧，小兄弟。把宫殿还给我吧，伟大的魔法师。"

"对，快把宫殿还给人家吧，"蝴蝶的妻子像飞蛾一样在黑暗中一边扑腾一边说，"把宫殿还给人家。以后别再玩这种可怕的魔法了。"

"好吧，我亲爱的，"那只蝴蝶尽量装出勇敢的样子说，"看到你唠唠叨叨会产生什么后果了吧？当然，没有宫殿对我来说也没什么两样，这种事我已经习惯了，不过看在你和国王的面子上，我也不介意把宫殿还回来。"

于是它又跺了一下脚，那四个巨魔立刻又把宫殿和花园送回来，完好无损地放在原来的位置。阳光又照耀在墨绿色的橘树叶上，喷泉又开始在粉红色的埃及百合花丛间喷涌，鸟儿又继续啼鸣啁啾，蝴蝶的妻子靠在大樟树下，拍动着翅膀气喘吁吁地说："哦，我将做个好妻子！我将做个好妻子！"

所罗门笑得差点儿说不出话来。他浑身无力地靠在树干上，晃着指头对那只蝴蝶说："啊，伟大的魔法师哟，要是你让我笑死了，把宫殿还给我还有什么用呢？"

这时一阵可怕的喧嚷声传来，原来那九百九十九个王妃正大喊大叫着从宫殿里一拥而出，尖声叫着找她们的孩子。她们慌慌张张地冲到喷泉下方的大理石台阶上，一百个人排成一排，这时最聪明的巴尔克丝王后端庄地走上前去迎住她们问："嘿，王妃们，你们都怎么啦，这般惊慌？"

王妃们一百个一排站在大理石台阶上，高声嚷嚷道："我们都怎么啦？我们本来像往常一样在宫中安安稳稳地待着，可突然一下宫殿就不见了，把我们丢在烟尘滚滚的黑暗中，天上又响着惊雷，还有巨魔在黑暗中窜动！这就是我们惊慌的原因。哦，尊贵的王后，我们都被这件事吓坏了！因为这实在可怕，我们从来没见过这么可怕的事。"

于是最最美丽的巴尔克丝王后，所罗门国王最钟爱的妻子，示巴王国（沙巴王国）和南国金川[1]的女王，从津巴布韦巨塔到锡恩旷野[2]那一大

---

1. 南国金川，指非洲南部几条盛产黄金的河流，如赞比西河和本书《大象的鼻子为什么那样长》中提到的林波波河等。
2. 津巴布韦古国（大津巴布韦）位于今天津巴布韦共和国境内，古人建立的石塔迄今仍矗立在其遗址；锡恩旷野（the Desert of Zinn）指今以色列死海西南方大片地区。

片土地的主宰，几乎与最聪明的所罗门国王一样聪明的巴尔克丝王后开口道："哦，王妃们！这没什么大不了的。刚才有只蝴蝶向我们的国王抱怨，说它妻子总爱与它争吵，于是国王陛下乐于给那只当妻子的蝴蝶一个教训，教它说话要轻言细语，举止要温顺谦卑，因为对蝴蝶来说，这是妻子应有的美德。"

这时一个埃及王妃（一位法老的女儿）站出来说："我们的宫殿不可能因为一只小小的蝴蝶就像韭菜一样被连根拔起。这绝不可能！肯定是所罗门国王死了，因此我们才听到天响惊雷，看到地陷黑暗。"

巴尔克丝王后没正眼看那位王妃，只是冲她招手并对她和其他王妃说："都过来看看吧。"

这里画的就是故事中那四个长着翅膀的巨魔，他们见那只蝴蝶一跺脚就把所罗门的宫殿抬到了空中。宫殿花园连同一切像块木板一样被抬起，在烟尘滚滚的地面留下个大坑。你往右下角看，在那个像狮子的东西前面，你会看到手持魔杖的所罗门国王和他身后的那两只蝴蝶。看上去像狮子的东西是一头用石头雕刻的狮子，石狮身后那个看上去像鱼白罐头的东西是座神庙，或是幢房子。所罗门站在那儿是为了躲开巨神抬起宫殿时卷起的烟尘。我不知道那些巨神的名字。他们是所罗门国王那枚戒指的奴仆，每天都会变化。他们只是些长着翅膀的普通巨神。

画面底部画的是一个名叫阿卡瑞的友善的巨神。他通常一天会给海里的小鱼喂食三次。他的翅膀是纯铜的。我把他画在这儿，只是想让你知道一个友善的巨神长啥模样。他没有参与抬起宫殿。当那件事发生时，他正忙着喂阿拉伯海水中的小鱼呢。

　　她们一百人排成一排走下大理石台阶，看见在那棵大樟树下，最最聪明的所罗门国王还没从刚才那阵大笑中缓过气来，正摇摇晃晃地对分别停在他两只手上的蝴蝶说话："噢，我兄弟的妻子哟，今后你可要记住，凡事都要讨你丈夫高兴，免得它一生气又跺起脚来。因为它说它习惯玩这种魔法。连所罗门国王的宫殿都能搬走，它可真是个伟大的魔法师！好啦，我的小客人，现在和好吧。"国王说完吻了吻那两只蝴蝶的翅膀，两只蝴蝶双双飞去。

　　看见这一幕，除了最光彩照人的巴尔克丝站在一旁微笑外，其余所有王妃都大惊失色。她们心想："一只蝴蝶对妻子不满就可以干出这种惊天动地的事，那我们天天大吵大闹，争长论短，惹国王烦心，他又该怎样收拾我们呢？"

　　于是她们用面纱罩头，用手掩嘴，踮着脚尖悄悄地回宫殿里去了。

　　这时最美丽最贤惠的巴尔克丝走出红百合花丛，来到大樟树的树荫下，把手搭在所罗门国王的肩上说："哦，我尊贵的君王，我灵魂的宝藏，高兴吧，因为我们已好好地教训了那些埃及王妃、波斯王妃、印度王妃、埃塞俄比亚王妃和阿比西尼亚王妃，给她们上了难忘的一课。"

　　国王望着那对在阳光下嬉戏的蝴蝶说："哦，我贤惠的妻子，我幸福的珍宝，我们什么时候教训过她们呀？我进花园后就一直在逗一只蝴蝶玩。"他把刚才逗蝴蝶的事给巴尔克丝讲了一遍。

　　最温柔可爱的巴尔克丝听完后说："哦，我尊贵的君王，我生命的主宰，我藏在大樟树后面把一切都看见了。正是我叫蝴蝶的妻子去要求它丈夫跺脚，因为我希望你用开玩笑的方式显示你的魔力，让那些王妃看见之后心生敬畏。"最后她把那些王妃所见所言和所想的全都告诉了国王。

　　这下所罗门国王从树下站起来，张开双臂高兴地说："哦，我聪明的王后，我生命的蜜糖，要知道，如果我是因为自尊和恼怒而用魔法吓唬我的王妃，就像我上次为了炫耀而请所有动物吃饭一样，那我肯定会羞愧难当。但由于你的智慧，我施展魔力是为了一个小小的玩笑，是为了一只小小的蝴蝶，可瞧呀，这居然让我自己摆脱了那些恼人的王妃给我造成的烦恼！哦，请告诉我吧，我聪明的妻子，我心中的爱人，你怎么会这般聪明呢？"

亭亭玉立的巴尔克丝王后望着所罗门国王的眼睛，也像那只蝴蝶一样微微偏着头说："首先嘛，哦，我的君王，因为我爱你。其次呢，哦，我的君王，因为我了解女人的脾性。"

然后他俩手拉手走向王宫，从此以后一直过着幸福的生活。

你说巴尔克丝王后聪明不聪明？

◆ ◆ ◆

从这儿到世界上任何地方，
 没有比得上巴尔克丝的女王；
巴尔克丝曾经对蝴蝶说话，
 就像你跟朋友说话那样。

从开天辟地直到如今，
 没有比得上所罗门的国王；
所罗门曾经与蝴蝶交谈，
 就像男人跟男人交谈那样。

他曾经是亚洲的统治者——

她曾经是尊贵的示巴女王——
他俩曾经跟那对蝴蝶说话，
　当他俩在王宫花园里徜徉。

含 * 与豪猪

在登上诺亚方舟[1]之前呀，所有动物都住在大养殖场里，管养殖场的那位大个头阿姨必须得为它们梳理毛发。阿姨告诉那些动物，梳毛发时得乖乖地站着不动，不然后果会很糟糕。于是那些动物都乖乖地站着不动。狮子乖乖地站着不动，结果阿姨在它头部和颈部周围梳出了一圈威武的鬃毛[2]，还在它尾巴尖上梳出了一个毛球。马乖乖地站着不动，结果阿姨在它颈上梳出了一溜漂亮的鬣毛[3]，还为它梳出了一条飘逸的马尾。牛乖乖地站着不动，结果梳毛的阿姨连它的角都擦得又光又亮。熊也乖乖地站着不动，结果也被梳出了一身光滑的皮毛。所有动物梳毛发时都站着不动，只有一个家伙除外。那家伙在阿姨跟前东摇西摆，前仰后合，还不停地踢腿。

---

* 含是《圣经·旧约·创世记》中的人物，是诺亚的儿子、闪和雅弗的兄弟。

1. 诺亚方舟是一艘根据上帝的指示而建造的大船。据《圣经·旧约·创世记》记载，上帝计划发大洪水消灭恶人，但他发现世间有个叫诺亚的好人，于是他指示诺亚建造一艘方形大船（方舟），带上他的妻子、儿子（闪、含与雅弗）和儿媳妇，以及各种陆生动物和飞鸟，一起躲避那场灾难。

2. 鬃（音 zōng）毛，某些哺乳动物颈部周围生长的又长又密的毛。

3. 鬣（音 liè）毛，某些哺乳动物颈上生长的又长又密的毛。

阿姨一遍又一遍地批评那家伙，说它不该老是动个不停。可那家伙却说，它不想在任何人跟前站着不动，还说它希望从头到尾都披毛散发。说到最后，阿姨不想再管那家伙，就对它说："那你就自个儿去披毛散发吧！"那家伙一听便跑开了。于是，在大伙儿等着上船的那段时间里[1]，那家伙的毛发就一直长呀长呀，真长得它从头到尾都披毛散发了。那些毛发越长越长，越长越粗，越长越硬，而且越长越尖。长到最后呀，那些毛发都变成了长长的棘刺。这下那家伙浑身上下都披棘带刺，而且尾巴末端还长出了一个刺疙瘩！于是大伙儿就管它叫豪猪，并且叫它站到一边角落去面壁思过，直到诺亚方舟造好。

然后大伙儿就开始登船，登船的动物都成双成对。豪猪浑身是刺，除了它那个名叫刺猬的小兄弟外，谁都不愿意同它结伴，可当初刺猬在梳毛时一直都乖乖地站着不动，结果它身上的刺又短又匀称，所以豪猪并不喜欢它这个小兄弟。

豪猪和刺猬的房间在底舱（最下面一层甲板），这层舱房住的都是夜间出没的动物，诸如蝙蝠呀、狗獾呀、狐猴呀、袋狸呀，还有瞎眼猫[2]等等。负责管理底舱的是诺亚的第二个儿子，名字叫含，因为含皮肤黝黑[3]，与黑咕隆咚的底舱环境相称，不过他非常聪明。

随着午餐铃敲响，含拎着篮子下到底舱，篮子里装有动物们午餐吃的甘薯、胡萝卜、小野果，另外还有葡萄、洋葱和嫩玉米。

含碰到的第一个动物是豪猪那个小兄弟刺猬，当时它正美滋滋地在捕食蟑螂。刺猬对含说："我拿不准今天早晨陪豪猪上船做得对不对。它一直为这事烦心，这会儿都还在发脾气呢。"

---

1. 相传诺亚造方舟一共用了 120 年。

2. "瞎眼猫"是作者杜撰的一个动物名。

3. 相传含是非洲人的始祖。

含说："我对这种事可是一无所知。我的任务就是来送饭。"说完这话他进了豪猪的舱房，见豪猪趴在铺上，把整个铺位都塞满了，浑身棘刺抖个不停，像出租车松动的车窗那样咔哒咔哒作响。

含给豪猪分发了三个甘薯、一截甘蔗和两个嫩玉米棒子。发完食物后他问："你难道就从来不会说声'谢谢'？""不会说，"豪猪回答，"这就是我表示感谢的方式。"说完它便朝含裸露的右腿嗖嗖地甩动尾巴，尾端的棘刺顿时就让含的右膝到右踝都开始流血。

用手托着受伤的右脚，含单腿跳着上了甲板，到驾驶舱找到了正在掌舵的爸爸诺亚。

"这大中午的你到驾驶舱来干吗？"诺亚问。

含回答说："我想找一大罐亚拉腊山牌饼干。"

"找饼干来干什么？"

"底舱有个怪家伙，它以为它可以教一个黑人见识见识豪猪。我倒要叫他见识见识。"

"那为什么要浪费饼干？"诺亚问。

"唉，我不要饼干！我只想要船上最大那种饼干罐的马口铁盖子。"

"去向你妈妈要吧，她负责发放给养。"

结果含的妈妈（就是诺亚夫人）给了含船上最大那种饼干罐的最大的马口铁盖子，还给了他一些饼干。含再次下到底舱，黑黑的右手拎着那个马口铁饼干罐盖子，把他那条黑黑的右腿从膝到踝遮了个严严实实。

"我刚才忘了点东西。"含说着从篮子里拿出一块饼干。豪猪一口就把饼干吃了。

"现在请说声'谢谢'。"含对豪猪说。

"我会谢你的。"豪猪说完猛一转身，带刺的尾巴嗖的一下朝含抽来，但却抽在了铁盖上。这可叫它真不好受。"再抽呀！"含对它说。豪猪使出更大的劲儿，尾巴砰的一声又抽在铁盖上。"再抽呀！"含说。这次豪猪使出浑身力气猛抽，可反作用力震得它连着棘刺的皮肉感到生疼，身上的好些棘刺也震断了。

这时含在另一个铺位上坐下来，厉声对豪猪说："你给我好好听着！别因为一个人长得黑，说话有点儿粗，你就以为可以对他发发脾气。我可是含！等这船一到亚拉腊山¹，我就会成为非洲的皇帝，那时从拜尤达沙漠到贝宁湾，从贝宁湾到达累斯萨拉姆，从达累斯萨拉姆到德拉肯斯山脉，从德拉肯斯山脉到印度洋和大西洋相汇处的好望角，全都归我管辖。那时我将是王中之王，所有的族长、酋长、巫医（包括祈雨巫师），尤其是那些正等着你的豪猪猎人，全都归我统领。你得乖乖听我的！你将住在自己挖的洞穴和遍布非洲的废矿洞里。要是我听说你再发脾气，我就会告诉豪猪猎人。豪猪猎人就会来找你，把你从洞里抓出来。我——是——含！"

豪猪被这番话吓坏了，马上就不再抖动耷拉在铺位下边的尾巴，一动不动地趴在铺上。

当时刺猬正在铺位下边美滋滋地捉蟑螂，听过含那番话后，它说："看来我的前景不妙啊。不管怎么说，我多多少少也算是豪猪的小兄弟。我猜呀，我不得不跟它一道去住地下洞穴了。可我压根儿就不会挖洞呀！"

"不会叫你去挖的，"含说，"就像大个头阿姨说叫它'自个儿去披毛散发'那样，就叫豪猪自个儿去挖吧。你当初梳毛的时候乖乖地站着不动，再说你也不会随我迁徙呀。这船一到亚拉腊山，我就要去南方和东方，带着我的队伍——大象、狮子等等，还有豪猪，把它们分布到非洲

---

1. 据《圣经》记载，亚拉腊山是大洪水消退后诺亚方舟停靠的地方，即今土耳其东部的大阿勒山。

各地。而你将跟随我哥哥或弟弟（我记不清该是跟谁了）一道去北边和西边。你会到一个安逸的小地方，那个地方叫英格兰，那里有很多花园、灌木丛和你爱吃的虫子。在那儿你会受到人们的宠爱，永远都会是个幸运的小家伙。"

"谢谢先生，"小刺猬说，"可我还会住在地下吗？我可不擅长挖地洞。"

"压根儿没那个必要。"含一边说一边用脚碰了碰刺猬，刺猬一下就把身子卷成了一个刺球——它以前可从没那样蜷曲过身子。

"以后呀，你可以用你的刺去拾枯枝落叶，用枯枝落叶在灌木丛中做窝。这样从每年 10 月到来年 4 月，要是你愿意，就可以暖暖和和地在窝里冬眠了。除了吉卜赛人[1]，没人会来打扰你睡觉，不过狗可不喜欢见到你。

"谢谢先生。"小刺猬说。说完它舒展开身子，又去捉蟑螂了。

后来的事情就像含当时所说的那样。

不知道现在的动物饲养员怎样给豪猪喂食，但据我所知，从那之后，直到今天，非洲人喂豪猪都很小心，都会用马口铁饼干罐盖子挡在右腿前，以防豪猪午餐后甩动带刺的尾巴抽中右腿。

现在故事讲完了！快去让阿姨给你梳头吧！

---

1. 据说吉卜赛人曾经喜欢吃刺猬。他们用黏土包住刺猬在火上烘烤，烤熟后剥除黏土，棘刺随之被拔除。